怖ろしい夜

西村京太郎

角川文庫
21412

目次

夜の追跡者

1

秋山は、夜が好きだ。

夜の暗さと、優しさが好きだ。

ネオンの輝く盛り場でも、一歩、路地へ走り込めば、そこには、夜のとばりが、優しく彼を包んでくれる。

いつから、夜が好きになってしまったのか。

指を繰って考えるまでもない。たった三日前まで、秋山は、平凡なサラリーマンで、恋人がいて、明るい太陽の照りつける沖縄へ、彼女と一緒に旅行することを考えていたのだ。

その頃だって、夜の盛り場が嫌いだったわけではない。だが、暗い路地は、危険だから敬遠していた。

三日前のあの事件がなければ、今だって、秋山は、明るい太陽のほうが好きでいただろう。

三日前。

まだ、たった七十二時間しかたっていないのに、三か月、いや三年近くも前のことのように感じられる。別に大げさにいっているわけではない。

三日前まで、秋山が生きていた世界と、今、彼がさまよっている世界は、全く別の世界だからだ。そして、ひょっとすると、二度と、以前の世界には戻れないかも知れないという気もする。

五月二十五日。木曜日。それが三日前だ。

朝起きたとき、雨が降っていた。銀色の細かい雨が降っていたのを、はっきり覚えている。

別に変ったところは何もなかった。雨だって、秋山は別に嫌いではない。むしろ、初夏の暖かい雨は好きだった。

それに、この日は、月給が出たら、明子と新宿で食事をする約束になっていた。超高層ビルの三十八階にあるレストランでである。その店は、明子を初めて食事に誘った店でもあった。

秋山は、中央物産という中堅の商事会社の社員だった。だったというのは、彼はまだ辞表を書いてないが、会社のほうで、きっと、彼のことを懲戒免職にしているに違いないからだ。

秋山は、そこのエリート社員だったというわけではない。地方の私大を出ての、それも郷里の先輩のコネでやっと就職できたのだから、エリート社員になれる筈がなかった。

三十歳で、まだ、係長にもなれずにいたが、別に不満はなかったし、体力にまかせて、仕事もやった。

何よりも、秋山が満足していたのは、明子という恋人を、職場で得たことだった。

二十八歳と、ややハイミスの感じだったが、美人だったし、頭もよかった。

秋山の上司である井本営業部長の秘書をしていた。

やり手の井本が手をつけた女だという噂もあったし、わざわざ、秋山の耳にその噂を伝えてくれるおせっかいな奴もいた。

だが、秋山は、気にかけなかった。明子の過去に何があろうと、現在の彼女が好きだったからだ。たとえ井本と関係があったとしても、自分だって、過去がきれいだったわけではない。三十歳の男が、普通に経験するぐらいの女関係はあったし、女のことで、ライバルに傷害を負わせたこともあったくらいなのだ。

明子さえ、自分を愛してくれていればいいと、秋山は思っていた。男と女の関係に、他に何が要るだろう。

あの日の朝だって、明子と食事をするのを楽しみに、浮き浮きした気持で、出社したのだ。

社内の空気も、別に、いつもと変ったところはなかった。多少、ざわついていたが、それは、給料日だから仕方がない。

午後になって、給料が出た。手取り二十万円。不景気の時だから、まあ満足しなければならないだろう。

会社が終ったあと、秋山は、明子と新宿の喫茶店で待ち合せ、それから、Sビルの三十八階にあるレストランに行った。ロシア料理の店だったが、料理そのものより、窓からの眺めの素晴らしさに秋山はひかれていた。

食事中に、陽が落ちてゆき、窓の外は、ネオンの海に変っていく。昼間見る東京の盛り場は、ただ埃りっぽいだけだが、ネオンの海に変った東京の夜景は素晴らしい。

「僕たちも、そろそろ一緒になろうじゃないか」

と、ワインで乾杯しながら、秋山は、明子にいった。

「いいわ」と、明子は、肯いた。

「ただ、あと半年待って頂戴」

「何故、あと半年待たなきゃいけないんだ？」

「あたしね。ちゃんとした結婚がしたいのよ」

「僕だって同じだ。きちんと結婚式もあげるし、籍も入れる」

と、秋山が、勢い込んでいうと、明子は笑って、

「そういう意味じゃないのよ。結婚したら、ちゃんとした家を持ちたいの。お客を呼んでも羞くないぐらいの広さは欲しいわ。それに、二人で自由に外出できる車も欲しいしね。今は、あなたもあたしも、小さなマンションを借りてるわけだし――」

「借金をして、家を建てればいい。僕の友人も、何人か、ローンで家を建てているよ」

「借金は好きじゃないわ。それに、よく、ローンの返済に困って一家心中って話がある

でしょう。そんなのは嫌なの」

「しかし、僕は二百万そこその財産しかないぜ」

「あたしだって、財産は四百万しか持ってないわ」

「六百万じゃ家は建たないよ。頭金にならなるけどね」

「だから、半年待ってというの」

「半年待ったら、大金でも手に入るのかい？　大きな家が買えるぐらいの」

「ええ」

「まさか、宝くじが当ったらなんていうんじゃないだろうね？」

秋山が、笑いながらきくと、明子は、大きな眼で、彼を見つめて、

「そんなんじゃないわ。それに、一千万円の宝くじが当ったって、今は、そのくらいじゃあ家は買えないでしょう？」

「じゃあ、どうして、半年たったら、大金が手に入るんだい？」

「名古屋に、叔母がいるのよ」

「へえ。知らなかったね」

「金持ちの叔母よ。今、癌で入院してるけど、医者は、もう駄目だといっているの。あと一、二か月の命だろうって。人の不幸を願っちゃいけないけど、その叔母が死ぬと、遺産はあたしが貰えるのよ。多分、五、六千万円ぐらいだと思うわ」

「そりゃあ、すごい」

「それだけあれば、ちゃんとした家が建てられるわ」

「そうかも知れないが、その叔母さんには、君以外に知り合いはないのかい？」

「ないのよ。あたしが唯一の親戚」

そのあと、明子は、癌で死にかけている叔母について、いろいろと喋ったが、秋山は、ほとんど覚えていない。

ただ、食事をしている間に、秋山は、無性に、明子が抱きたくなったことを覚えている。

だから、食事がすんだあと、彼女を、彼のマンションに誘った。

「今夜は駄目よ」

と、明子がいった。

「今夜は、とても君が抱きたいんだ」

秋山が、耳に口を寄せていうと、明子は、クスクス笑い出した。

「あたしだって、同じ気持だわ」

「じゃあ、来てくれよ」

「それが駄目なのよ」

「何故だ？」

「あたしの個人的な理由だけど――」

と、明子はいい、ちらりと腕時計に眼をやってから、

「じゃあ、あたしのマンションに来てよ。十二時になったら」

「十二時？」

「ええ」

「少し遅すぎないか？」

「でも、それまでにしなければならないことがあるのよ」

「どんなことだい？」

「今はいえないわ。でも、あとで話す。そうして欲しいの」

「わかったよ」

と、秋山はいった。何故、あの時、もっと聞こうとしなかったのか、今になってみれば悔まれるが、しょせんは、後の祭りに過ぎない。

あの時は、明子との仲は、無限に続くのだという確信があったのだ。だから、いつだって聞くことが出来ると考えた。

明子とは、ビルの前で別れた。

腕時計を見ると、八時三十分になっていた。いったん、自分のマンションに帰って、また外出するというのも間が抜けているような気がした。秋山は、歌舞伎町に出ると、最終回がもう始まっている映画館に入った。

映画の終ったのが、十時四十分。そのあと、近くのバーで少し飲んでから、秋山は、京王線に乗った。

明子のマンションは、京王線の桜上水から歩いて十二、三分のところにある。

彼女は、時間にうるさいほうだったから、秋山は、十二時きっかりに、彼女のマンションに着き、四階の四〇六号室のベルを鳴らした。

部屋の中には、明りがついているのに、返事はなかった。

ドアを開けてみた。

簡単に開いた。

(不用心だな)

と、思いながら、その一方で、十二時の約束だったから、わざと開けておいてくれたのかとも考えたりしながら、

「いないのか？」

と、奥に向って、呼びかけてみた。

1DKの部屋である。入ってすぐのところが台所になっていて、閉まっている襖を開ければ、六畳の和室があって、そこが寝室になっている。

「いないのか？」

と、もう一度いってから、襖を開けた。

そこに、明子が死んでいた。

2

その時の部屋の光景は、秋山の眼に、はっきりと焼きついている。多分、一生、忘れないだろう。

テーブルは、隅に押しのけられ、広くあいた畳の上に、明子は、見なれたピンクのワンピース姿で、俯せに倒れていた。そして、その背中に突き刺さっていたジャックナイフ。

血が、流れ出て、畳まで、赤黒く染めていた。その血は、もう乾き始めていた。

あわてて抱き起こして、彼女の名前を呼んだ。が、血の気を失った唇は、開こうとしなかった。

秋山は、蒼白な顔で、電話のところまで這って行き、一一九番をかけて救急車を呼んだ。

悪夢の始まりだった。

数分で救急車が来た。が、救急隊員は、首を横に振ると、すぐ、警察に連絡した。

パトカーが来て、彼は、所轄署に連れて行かれた。

最初、警察の扱いは丁寧だった。恋人を失ったことに同情もしてくれた。

だが、それが、夜明け近くなるにつれて、次第に、荒っぽくなっていった。まるで、犯人扱いになってきたのだ。

執拗に訊問が繰り返された。殴られこそしなかったが、それは、まさに暴力だった。

Sビルのレストランで夕食をすませてから、いったん別れたというと、ねずみのような眼をした刑事は、

「何故、その晩、彼女を送らないで、十二時になってやって来たんだ？　おかしいじゃないか」

と、いう。

秋山が、彼女にいわれたからだといっても信用してくれなかった。

「不自然だな。そりゃあ」

「しかし、その時、彼女は、プライベイトな用があるから、十二時になったら来てくれといったんです」

「どんな用か聞かなかったのかね？」

「聞いたけど、あとでいうといいましたからね。それで、新宿で時間をつぶして、十二時になって、彼女のマンションを訪れたんです」

「そうしたら、彼女が殺されていたってわけか？　え？」

「そうです」

「自分で殺しておいて、いったん新宿に戻り、それから十二時になって、もう一度やって来て、発見者を装ったんじゃないのか？」

「そんなことはしませんよ。第一、僕には、彼女を殺さなければならない理由はありま

せん。結婚することになっていたんですから」

「その結婚を断られて、かッとして殺っちまったんだろう。そうじゃないのか？」

「違います。今日だって、結婚の話を僕が持ち出して、彼女は、改めてOKしてくれたんです」

「いつ結婚することになってたんだ？」

「半年後です」

「何故、半年後なんだ？」

「彼女が、半年後にしたいといったんです」

「ていよく、君の申し出を断ったんじゃないのかね？」

「違いますよ。彼女は、そういったんです。名古屋に、資産家の叔母がいて、その人の身寄りといえば、彼女だけなんだそうです。その叔母さんは、癌で入院中で、医者は、せいぜい一、二か月の命だといっている。だから、あと半年待ってくれといったんです」

「つまり、その遺産が手に入ってから結婚したいといったわけかね？」

「ええ。結婚したら、自分たちの立派な家を持ちたいというのが、彼女の考えだったからです」

「ドライというやつだな」

「彼女は、いろいろと苦労しているから、そんなことを考えたんだと思います」

「君は、それに賛成したのかね？」

「ええ」

「どうも信じ難い話だな」

「でも、事実です」

と、秋山はいった。

だが、事実でなかったのだ。

朝が来ても、秋山は、帰して貰えなかった。それどころか、昼近くなっての訊問では、刑事が、鬼の首でもとったように、

「嘘が、ばれたぞ」

と秋山にいった。

秋山には、何のことかわからず、ぽかんとしていると、

「新井明子には、名古屋に叔母なんかいなかったぞ」

「え？」

「下手くそな嘘だったたな」

刑事は、ニヤリと笑った。

秋山は、狼狽した。何故、明子は、あんな嘘をついたのだろうか？

そんな秋山に向って、刑事は、押しかぶせるように、

「いいかげんに、私が殺しましたと白状したらどうなんだ？　そうすりゃあ、気が楽になるぞ」

と、いった。

「僕は、殺したりしません！」と、秋山は、叫んだ。

「彼女を殺したのは、僕じゃない」

「それなら、アリバイがあるだろう。犯人じゃないんならな。昨夜の九時から十時までの間、どこにいたか、いってみろ」

「彼女は、その間に殺されたんですか？」

「そうだ」

「その時間なら、新宿のＮ館で映画を見ていましたよ。十一時近くに終って、それから、近くのバーで一杯やってから、彼女のマンションに来たんです」

「映画か」

刑事は、ニヤニヤ笑った。

「何がおかしいんです？」

「犯人が逃口上に使うもっとも陳腐な偽アリバイだからだ。アリバイのないやつは、たいてい、その時間には映画を見ていましたというんだ」

「でも、本当です。僕は、映画を見ていたんです。題名も、内容も覚えていますよ」

「そりゃあ、覚えているだろうさ。他の日に見てくればな。それとも、昨夜、映画館の中で、知っている人間に会ったかね？」

「いいえ」

「じゃあ、君のアリバイはないのと同じだ。それに、新井明子を殺した凶器は、君のものだとわかったよ。君が、会社の地下にある売店で先日買ったものだ。違うかね？」

「あれは、彼女のところへ、置き忘れていったんです。一週間か二週間前に」

「誰もが、そういうのさ。どこかに置き忘れたか、どこかで失くしたものだとね。しかし、これで、君の立場は、ずいぶん悪いものになったな。アリバイはないし、凶器は君のものだし、嘘もついた。どうかね？　この辺で、何もかも喋ってしまったら」

　刑事は、秋山の顔をのぞき込むようにしていった。

　秋山は、自分が断崖に立たされてしまったのを感じた。警察は、自分のいうことを全く信じてくれないのだ。このままいけば、間違いなく、起訴されてしまうだろうし、裁判となったら、有罪は間違いない。そして、刑務所送りだ。

　その日の夜になって、秋山は、覚悟を決めた。何としてでも、逃げ出さなければ、刑務所行だと思ったからだった。

　一応、白状するようなポーズをとって、安心させておき、トイレに行かせて貰ったすきに、一緒にいた刑事を殴りつけ、夜の闇の中に逃亡したのだ。

　刑事が油断していたこともあるだろうが、逃げられたのは、奇蹟に近かった。その夜、凶悪な連続殺人事件が起きて、刑事たちのほとんどが出払っていたという幸運もあった。

　ともかく、秋山は逃げ出し、以来、夜が彼の友人になった。

3

最初は、遠くへ逃げることを考えた。貰ったばかりの給料二十万円は、ポケットに入っていたから、高飛びする金には困らなかった。

(だが、逃げてどうなるのだろうか?)

と、秋山は、考えてしまった。

新聞には、彼の顔写真が出てしまったから、どこへ逃げても、人々の視線と、警察の追及の手が追いかけてくるだろう。

それに、一度逃げ始めたら、いつまでも逃げ続けなければならなくなる。

全く知らない土地に行って、身をかくす自信は、秋山にはなかった。彼の郷里は甲府だが、そこに行くことは出来ない。警察が手を廻して(まわ)いるに違いなかったからだ。

かくれるだけなら、一千万人以上の人間がうごめいている東京のほうがかくれ易い。

身分証明がなくても働ける場所が多いのも大都会だ。

しかし、秋山が、東京にとどまる決心をしたのは、逃げ廻る代りに、自分の手で、真犯人を見つけ出そうと決心したからだった。

他に方法はない。

映画館の暗い隅の椅子(いす)に腰を下し、秋山は、じっと、考え込んだ。

どうしたら、自分の手で、真犯人を見つけ出すことが出来るだろうか?

考えれば、考えるほど、出来そうもない気がしてくる。しかし、どんなに難しくても、やらなければ、無実の罪を背負って、刑務所に行かなければならないのだ。

（まず、考えることだ）

と、秋山は、自分にいい聞かせた。

事件の夜のことを、もう一度、考え直してみるのだ。

その夜、明子は、俺が送って行くという申し出を断って、帰ってしまった。そのくせ、十二時になったら来てくれともいった。

何故だろう？

考えられるのは、十二時までの間に、明子が、誰かに会うつもりだったのではないかということだ。

そいつは、十二時までに帰ると、明子は考えていたから、その時間になったら来てくれと、秋山にいったのだ。

多分、そいつが犯人だ。

（だが、いったい誰だろう？）

最初に頭に浮んだのは、明子と関係があったらしいと噂のあった営業部長の井本のことだった。

井本は五十二歳で、妻子もある。だが、男と女の関係だけは別だ。

井本は、秘書の明子と関係を持った。明子のほうは、秋山と結婚することになって、井本との仲を清算しようとした。だが、明子に未練のある井本は、別れるのを拒否した。その話し合いが、あの夜、明子のマンションであったのではないのか。

そして、井本は、あくまで別れたいといい張る明子を、かッとなって刺し殺してしまったのではないのか。

井本が逃げたあとに、秋山が何も知らずに訪ねて行った。違うだろうか？

（そうに決ってる）

と、秋山は、確信した。

それどころか、明子から、十二時になったら秋山が来ることを聞いていて、彼を罠にかけるために、わざとマンションの鍵をかけずに逃げたのかも知れない。

井本は、老獪な男だから、そのくらいなことはやりかねないのだ。

秋山は、映画館を出た。

新宿歌舞伎町は、いつものように、若者たちで一杯だった。平凡な顔立ちの秋山の姿は、たちまち、その雑沓の中に消えてしまった。

だが、秋山自身は、なかなか、自分の姿が、雑沓の中に消えたとは思えなかった。不安が、神経過敏にさせるのだ。雑沓の中で、自分だけが、浮き上って見えるのではないかと考えてしまう。

だから、警官の姿が見えると、あわてて、細い路地にかくれたりした。そのほうが、かえって目立ってしまうとわかっていてもである。

大通りへ出て、タクシーを拾うと、秋山は、運転手のバックミラーに入らない位置に腰を下してから、

「田園調布にやってくれ」

と、いった。

井本営業部長の家は、年末に掃除の手伝いに行ったので、よく知っていた。

タクシーは、夜の町を走り出した。

カー・ラジオが、ジャズを流している。それが、急に、ニュースになった。

「ここで、ニュースをお伝えします。二日前世田谷警察署から逃亡した殺人事件の容疑者秋山覚一郎は、まだ捕まっておりません。秋山は、同じ会社の女事務員新井明子さん二十八歳を殺した容疑で、警察が訊問中に逃亡したものです。秋山覚一郎の特徴をいいますから、もし、この男を見かけた方がありましたら、世田谷警察署か、もよりの警察に連絡して下さい。秋山は、年齢三十歳。身長一七三センチ。体重六七キロ。顔は面長で、眉毛が濃く、左手の甲に三センチぐらいの傷痕があります――」

「お客さん」

と、突然、運転手に呼ばれて、秋山は、ぎょっとした。

「え？」

と、のどにからんだような声できく。今、ラジオでいっていた人に似ていますねとでもいわれたら、どう反応していいのか。そんなことを考えたとき、運転手は、

「田園調布のどの辺にとまればいいんです？」

と、きいた。

秋山は、ほっとして、

「駅の近くでいいよ」

と、いった。

駅から一〇メートルほど離れた並木道に車を止めて貰い、秋山はおりた。

井本の邸に向って歩き出す。今にも一雨きそうな、どんよりした夜空が頭上を蔽っていた。

九時を少し廻っている。特別な会議でもない限り、井本は、もう家に帰っているだろう。

建坪百坪近い大きな家が見えてきた。

モダンな邸だ。アメリカ的に、塀もなく、オープンな構造である。

緑色の芝生がきれいだ。

真新しいメルセデスベンツが、メタリック・ホワイトの車体を横たえていた。井本の車だ。

アメリカに長くいた井本は、自分で運転する。それが、彼の自慢なのだ。

家の中には明りがつき、あまり上手くないピアノの音が聞こえてきた。

多分、井本の末娘が弾いているのだ。小学校二年生の、こまっしゃくれた娘だ。掃除を手伝いに行ったとき、半強制的に聞かされたので、秋山は、よく覚えている。確か、娘の名前は、ゆかりだった。

家の中には、その他に、上の娘である高校一年生と、井本の妻の久子がいる筈である。防犯ベルもついているし、番犬にシェパードも飼っている。

腕力には、多少自信があったが、このまま、家に乗り込んで、井本を自白させられる自信はなかった。

家族が騒ぎ出すだろうし、井本が犯人なら、容易なことでは、自供しないだろう。その中に、シェパードが、動かない秋山を怪しんだとみえて、吠え出した。

秋山は、あわてて、その場を離れた。

(どうしたらいいだろう?)

人気のない歩道を歩きながら、秋山は、考え続けた。

アメリカのように、ピストルが簡単に手に入れば、それを持って、井本邸に乗り込んでもいい。だが、日本では、せいぜい、ジャックナイフぐらいのものしか、手に入れることは出来ない。

井本は、許可証を持っていて、猟銃を二丁買い込んでいるのを、秋山は知っていた。掃除に行ったとき、井本が、二丁とも、自慢たらたら見せてくれた。

下手にナイフを持って乗り込み、その猟銃で射殺されてしまっても、井本の正当防衛になってしまうだろう。

(非常手段に訴えるより仕方がない)

と、秋山は、心に決めた。

4

タクシーで、秋山は、目黒に行き、車を一台盗み出した。

別に目黒でなくてもよかったのだ。田園調布で盗んだのでは、使うのが危険だったから、別の場所にしただけの話である。

道路に駐車している車を、一台ずつ、のぞき込んでいく。

二十台近く見ていく中に、やっと、キーを差し込んだまま停めてある白いカローラにぶつかった。

丁度、レストランの前だったから、アベックが乗りつけて、キーをつけ忘れたまま、店に入ってしまったのだろう。

ドアもロックされていない。

ドアを開け、身体を滑り込ませてから、キーをひねった。

あせっているので、なかなかエンジンがかからない。気がついたら、アクセルを踏むのを忘れているのだ。

車の持主が出て来たら、それでおわりだ。殺人罪の他に、窃盗罪が加わることになる。
自分自身に腹を立てて、秋山は、「くそっ」と、叫んだ。

やっと、エンジンがかかった。前に突んのめるように、白いカローラが発進した。前に停っていた車に接触して、甲高い衝撃音を立てた。誰かが、何かを叫んでいる。

秋山は、必死でハンドルを操作した。タイヤが悲鳴をあげる。カローラは、蛇のように蛇行しながら、大通りへ出ると、スピードをあげた。

そのまま、二、三分突っ走ってから、秋山は、やっと、緊張を解いた。車を道路の端に寄せて、停める。ハンドルを握っていた手が、びっしょりと汗をかいている。秋山は、ハンカチを取り出して、何度も、掌を拭いた。

こんなことで、果して、井本を追いつめることが出来るだろうかという不安と、逆に、とにかく、車を盗むことだけは出来たのだという安心感が、彼の胸の中で交錯していた。

その夜は、郊外のモーテルで一泊した。夕食も、翌日の朝食も、そこでとった。

料金を払い、秋山は、車を田園調布に飛ばした。

間に合った。

井本の邸では、井本が、末娘のゆかりを、ベンツに乗せて、学校へ送って行こうとしているところだった。

秋山は、ベンツのあとをつけた。

車で十二、三分のところにある小学校が、ゆかりの通う学校だった。

秋山は、学校の前にカローラを停め、ゆかりが帰るのを待った。

午後になると、子供たちが、ぞろぞろと出て来た。

その中に、ゆかりの姿も見えた。
五、六人と一緒に、彼女はバスに乗った。帰りは、いつも、バスらしい。
秋山は、そのバスを、カローラでつけた。

三つ目の停留所で、ゆかりがおりた。そこから、彼女の家は、歩いて五、六分だ。

ゆかりは、ピンクレディーの歌を唄いながら歩いて行く。

秋山は、車を彼女の傍へ寄せていった。

「ゆかりちゃん」

と、秋山は、ドアをあけて、彼女に声をかけた。

ゆかりは、丸い眼で秋山を見た。

「僕のこと、覚えていないかな？　お父さんの下で働いている秋山ですよ」

「覚えてる」

と、ゆかりは、ニコリともしないでいった。

「昨年の暮に、お掃除を手伝いに来た人でしょ？」

「そうです。家まで送りましょう」

「知らない人の車に乗るなって、パパがいってたワ」

「でも、僕は知らない人じゃないでしょう？」

秋山は、ゆかりに笑いかけた。

「それもそうね」

と、ゆかりは、ませた口調でいい、助手席に、小さな身体を乗せてきた。

「さて」と、秋山は、ゆかりに話しかけた。

「これから、遊園地へ行って、僕とジェットコースターに乗ってみない？」

5

ませていても、子供は子供だった。

喜んで、二子玉川園までついて来て、遊んだあげく、車の中で眠ってしまった。

秋山は、腕時計を見た。

午後四時三十二分。井本は、まだ、会社だろう。

車からおりると、秋山は、近くにある公衆電話ボックスに入った。

中央物産のダイヤルを回し、営業部長室につないで貰った。

「井本だが――？」

という聞き覚えのある声が聞こえた。

「秋山です」

と、彼はいった。

「秋山だって？」

電話の向うで、明らかに、井本の声は、狼狽している。

「本当に、秋山なのか？」

「そうです。秋山です」

「どうして、あんな馬鹿なことをしてくれたんだ？　会社にも警察が来て、みんなが迷惑しているんだ。どこにいるのか知らんが、すぐ、警察へ自首したまえ」

「新井明子を殺したのは、僕じゃありませんよ」

「じゃあ、何故、逃げたりなんかしたんだね？　後暗いところがあるから逃げたんだろうが」

「そのことで、部長と二人だけで、話したいことがあるんです」

「馬鹿な。私には、君と話すことなんかない」

「いや。二人だけで会って貰います。ゆかりちゃんの命を助けたかったらね」

「何だと？」

「ゆかりちゃんは、僕が預かっています」

「誘拐か？」

「そうとられてもいいですよ」

「誘拐が、どんな重い罪になるか知っているのか？」

「いいか、井本さん」

と、秋山は、がらりと語調を変えた。

「こっちは、殺人の濡衣を着せられて、警察に追われてるんだ。それを晴らすためなら、どんなことでもする。どうせ、殺人罪で刑務所送りになるんなら、あんたの子供を殺しても同じことだ」

「ちょっと待ってくれ」

井本が、あわてていった。

「じゃあ、こちらのいう通りに動くんだな？」

「いくら欲しいんだ？」

「金が欲しいんじゃない。さっきもいったように、あんたと二人だけで話がしたいんだ」

「何の話をだ？」

「それは、その時に話す。子供の命を助けたかったら、警察に知らせず、今夜九時に、多摩川の土手へ、あんた一人で来るんだ。東京側の土手だ」

「ゆかりを誘拐したというのは、本当なんだろうね？」

「家に電話してみるんだな。まだ帰ってない筈だ。納得がいったら、今夜九時に、さっきいった場所に、一人で来るんだ」

それだけいって、秋山は、電話を切った。

これは、賭けだった。

井本が、一人でやって来るか、それとも、警察に知らせるか、それはわからない。もし、警察に知らせて、井本の代りに刑事がやって来たら、全ては終りだ。秋山には、子供は殺せないから、子供を盾にして逃げるわけにはいかなかった。

車に戻ると、ゆかりは、まだ眠っていた。遊び疲れだろうが、眼を覚ませば、手を焼くだろう。

秋山は、ネクタイを外し、足だけ、揃えて縛っておいた。これで、眼を覚ましても、すぐには、逃げられまい。

秋山は、車を、河原に乗り入れて停めた。

八時近くなって、ゆかりが眼を覚まして、暴れだした。可哀相だったが、両手も縛り、ハンカチで猿ぐつわをかませて、上衣でかくした。

九時になった。

秋山は、車の中から、土手に向って、眼をこらした。

二分ほど過ぎた時、白いメルセデスベンツがやって来て、土手の上でとまった。

井本のベンツだ。

秋山の心臓の鼓動が高くなった。

すぐには動かず、秋山は、しばらく、土手の上のベンツを見つめていた。

前後に、警察の車らしいものは停っていない。

ベンツのドアが開いて、井本らしい男が車からおりた。

雲が多く、月明りが弱いので、井本かどうか、確認は難しかった。

(これからが、勝負だ)

と、秋山は、自分にいい聞かせて、車からおり、土手に向って歩き出した。

土手に立っているのが、井本でなく刑事だったら、それで全ては終りだ。わかった時点で逃げ出しても、射殺されるかも知れない。

しかし、不確かだからといって、何もしなければ、無実の罪を晴らすことは出来ないのだ。

秋山が近づくにつれて、土手の上の人物も、こちらを凝視した。

「秋山か？」

と、相手がきいた。

井本の声だった。

秋山は、ほっとしながら、土手の斜面を駈(か)け上った。

「ゆかりは、何処(どこ)にいる？」

と、井本が、秋山を睨(にら)みつけるようにしてきいた。

「警察には？」

「何もいわなかったよ。あの子は、何処にいるんだ？」

「こちらの質問に答えてくれたら、すぐ、子供は返すよ」

秋山は、そういい、自分を落ち着かせようと、煙草(たばこ)をくわえて、火をつけた。

「どんなことを聞きたいんだ？」

井本が、早口でいった。

秋山は、煙草の煙を吐き出した。が、味はわからなかった。やはり、緊張しきっているのだ。

「僕は、彼女を殺してない」

「そんな嘘を警察が信じると思うのかね？」

「警察が信じようと信じまいと、僕は殺してないんだ。僕が十二時に行ったとき、彼女は、すでに殺されていたんだ。ということは、僕より前に、誰かが、彼女のマンションを訪れて、そいつが殺したということだ」

「私と何の関係がある？」

「そいつが、あんただと、僕は思っているんだ」

「馬鹿な！」

井本は、眼を真っ赤にして、怒鳴った。

秋山のほうは、ニコリともしないで、

「あんたは、彼女を殺すだけの動機がある」

「そんなものは、私にはないよ」

「あんたは、彼女と関係があった。これは、誰もが知っていることだ。その彼女が、僕と結婚することになった。あんたは、まだ、彼女に未練があって、縁を切りたくなかった。だから、彼女の所へ行き、今まで通り関係を続けるように頼んだんだ。それを断られて、かッとして、あんたは、彼女を背後（うしろ）からナイフで刺し殺したんだ」

「私は、そんなことはせん」

「明子と関係があったことも否定するのか？」

「プライベイトなことには、答えたくない」

「それなら、子供が死ぬぞ」

と、秋山は脅した。

井本が、唇をなめた。

「いいだろう。私は、新井明子と関係を持ったことがある。それは否定しない。しかし、彼女から、君と結婚するつもりだと聞いたとき、実は、ほっとしたんだ」

「ほっとした？　何故だ？」

「実は、私には、新しい恋人が出来ていたんだ。新井君より若い娘だよ。だから、新井君の話を聞いて、ほっとしたんだ」

「こんな時に、自慢話か？」

「そんなつもりはないが、ただ、君の疑いを解くために話しているのだよ」

「そんな話は、信じられないね」

「本当だよ。去年、管理課に入って来た若い娘と関係ができてしまったのだ。マンションも買ってやった。だから、新井君には悪いが、こちらで、彼女と手を切りたかったくらいだった。そんな私が、彼女を殺す筈がないだろう」

「あんたの話が本当ならな」

「本当だよ。その娘は、坂本梨江子という名前で、四谷の『ハルナ第一マンション』に住まわせている」

井本は、必死な顔でいった。

(本当だろうか?)

もし、事実なら、確かに、この男は、明子を殺す必要はなくなるのだ。

「じゃあ、あの夜、明子のマンションには行かなかったというのか?」

「行かなかった。何に誓ってもいい。あの子は、何処にいるんだ?」

「あんたの他に、明子と親しかった男を知らないか?」

「知らんね。もういいだろう」

「――――」

秋山は、迷った。

この部長は、明子を殺していないのかも知れない。だが、そうだとすると、いったい、誰が、彼女を殺したのか?

「あの車か?」

と、井本は河原に停めてあるカローラを指さし、秋山が答えない中に、土手の斜面を駈けおりて行った。

銃声が起きたのは、その時だった。

6

斜面を駈けおりていた井本が、「あッ」と叫び、彼の大柄な身体は、下の草むらに転がり落ちた。

秋山は、一瞬、呆然と、それを見守っていたが、次の瞬間、あわてて、土手の上に伏せた。

井本が、よろめきながら、立ち上るのが見えた。

その時、二度目の銃声が、秋山の耳朶を打った。

井本の身体が、弾き飛ばされるように倒れ、もう二度と、立ち上らなかった。

再び、静寂が、秋山の周囲を押し包んだ。

彼の顔から、血の気が引いている。

(動けば、今度は、おれが殺られる)

と、思った。

地面に伏せて、立ち上ることも、動くことも出来ない。

じっと、土手の下に眼を向けてみた。が、井本がどうなったのかわからなかった。動かなくなってしまったところをみると、死んでしまったのか。

時間がたっていく。

一時間たった。

何の動きもない。

秋山は、井本のベンツの車体に身体をかくすようにして、ゆっくりと起き上ってみた。

弾丸は、飛んで来ない。

ドアを開け、運転席に身体を入れた。

まだ、銃声は聞こえない。

キーは、差し込んだままになっている。

エンジンをかけ、ライトをつけた。が、それでも、射って来ない。

狙撃者(そげきしゃ)は、消えてしまったらしい。

秋山は、ゆっくりと、ベンツを発進させ、土手から通りへ出ると、アクセルを思いっきり踏み込んだ。

(助かった)

と、思った。

気持が落ち着くにつれて、井本を射ったのが、いったい誰なのだろうかという疑問が、頭をもたげてきた。

スピードを落し、新宿に向って走らせながら、秋山は考えた。

狂人が、やみくもに銃を射ったとは思えない。

明らかに、あそこにいるのが、秋山と井本と知っていて射ったのだ。

(だが、何のために？)

わからないままに、新宿のネオンが近づいてきた。

秋山は、脇道に入って車をとめ、ベンツからおりた。

井本の死体が発見されれば、まっさきに、このベンツが手配されると思ったからである。

大通りに戻って、タクシーを拾い、連れ込み旅館へやって貰った。

最初は、ひとりだということで変な顔をされたが、秋山が二人分の料金を払うと、ニッコリして、部屋へ案内してくれた。

女中が、「アンマを呼びましょうか？」としきりにすすめるのを断って、すぐ、布団の上に横になった。

疲れているのだ。身体も、神経も疲れ切っている。

何か考えなければいけないと思いながら、いっこうに考えがまとまらず、そのうちに、いつの間にか眠り込んでしまった。

暗い、怖い夢を、続けていくつも見た。何かに追いかけられている夢ばかりだった。

眼ざめたとき、腋の下に、汗をびっしょりかいていた。

明るい陽の光が、カーテン越しに、部屋に差し込んでいる。

秋山は、起き上ると、腕時計を見てから、テレビをつけた。百円玉を入れないと映らないテレビである。

アナウンサーの顔がブラウン管に出てきて、

「五月三十一日、水曜日、午前八時三十分のニュースをお伝えします」

と、いった。

水曜日。明日で、事件が起きてから、もう一週間になるのだ。

〈多摩川で殺人〉

という文字が出た。

わかっていながら、秋山の顔が、こわばった。

「多摩川の河原で、男の人の射殺死体が発見されました」

と、アナウンサーがいう。

「警察の調べによると、この男の人は、中央物産営業部長、井本貞夫さん五十二歳で、胸部を二発射たれて死んでいました。そこから一二〇メートルほど離れた場所に、白いカローラが停っていて、その後部座席から、井本貞夫さんの次女ゆかりちゃん八歳が、手足を縛られているのが発見されました。ゆかりちゃんの話によると、昨日の午後、学校から帰る途中、秋山という男に車に乗せられたということです。警察は、この秋山が、六日前、恋人を殺害した容疑で逮捕され、訊問中に世田谷署から逃亡した秋山覚一郎に間違いないと見ています。

秋山は、元中央物産の社員で、射殺された井本さんは、彼の上司に当ります。彼が六日前に殺した恋人新井明子さんは、井本さんの秘書をしていて、秋山は、明子さんと井本さんの仲を疑って、明子さんを殺し、今度は、井本さんの次女を誘拐して、井本さんを多摩川に呼び出し、射殺したものと思われます」

秋山の顔写真が、ブラウン管に映し出され、アナウンサーが、彼の特徴を喋っている。

これで、二つの殺人事件の犯人として、警察に追われることになってしまった。しかも、そのどちらにも、アリバイがなく、無実を証明するのは、難しい。

廊下がやかましくなり、隣の部屋を掃除する音が聞こえてきた。十時になれば、いやでも追い出されるし、出なければ、怪しまれるだろう。

秋山は、仕度をして部屋を出た。

明るい陽差しが、眩(まぶ)しい、というより怖かった。

こんなに明るくては、たちまち、警察に見つかってしまうのではないかという不安が、蔽いかぶさってくるのだ。

明子が殺されるまで、秋山は、沖縄の明るい太陽にあこがれていたのだ。それが、東京の弱々しい太陽さえ眩し過ぎる。

旅館を出ると、道路の端を選んで、俯(うつむ)向いて歩いた。

サングラスが欲しかったが、眼鏡店が見つからない。

やっと眼鏡店を見つけ、サングラスを買ってかけると、少しは落ち着いた気分になることが出来た。

歌舞伎町に行き、始まったばかりの映画館に入った。

暗い場内に入ると、ほっとした。不安が消えてくる。

秋山は、西部劇の喧噪の中で、眼を閉じ、これからどうしたらいいかを考えた。

明子を殺した真犯人だと思っていた井本が死んでしまっては、彼を警察に突き出して、自分の無実を証明することが出来なくなった。

そうなれば、今度は、井本を殺した奴を見つけ出さなければならない。

(だが、誰が井本を殺したのだろうか？)

全く見当がつかなかった。

井本が殺されたということは、彼がいっていたように、彼は明子を殺していないのだろうか？

まず、それから調べてみなければならないと思った。

井本は、自分が無実の証拠として、新しい女を囲っているといった。その女が実在していれば、井本の言葉を信用していいだろう。

陽が落ちるまで、秋山は、映画館から出なかった。

夕食も、映画館の中で、サンドウィッチと牛乳ですませた。明るいレストランやスナックは、不安だったからだ。

七時過ぎに、映画館を出た。小雨が降り出していた。安物の傘を買ってさすと、自分が、その傘の中に隠れたような安心感があった。

四谷の『ハルナ第一マンション』に住んでいる坂本梨江子という女だと、井本はいっていた。

とにかく、この女が存在するかどうか確かめる必要があるし、もし、現実に存在していたら、殺された井本のことで、何か聞けるかも知れない。

タクシーを拾った。

四谷に出たが、『ハルナ第一マンション』というのが、何処にあるのか見当がつかなかった。

警察にきくわけにもいかない。

煙草屋できくのも怖かった。もしかして、新聞にのった秋山の顔写真を見ていて、彼だと気付かれたら大変なことになる。

だから、秋山は、傘をさし、小雨の中を、問題のマンションを探して歩いた。

三十分近く、歩き廻ったろうか。

やっと、『ハルナ第一マンション』の表札にぶつかった。

新築の七階建のマンションだった。四谷駅から、かなり離れた場所だ。

入口を入ったところに、郵便受がずらりと並んでいる。

坂本という名前は、「６０３」の数字のところに書いてあった。

秋山は、郵便受に入っていた手紙を持ってエレベーターで、六階まで上って行った。

六〇三号室のベルを鳴らす。

ドアについた小さな窓から、若い女の顔がのぞいた。

「どなた？」

「おたくが留守の時、この書留を預かった者です。この下の階の鈴木です」

と、持って来た手紙を、ちらりと女に見せた。

「あ、すいません」

と、女はいい、あわてたように、ドアを開けた。

秋山は、素早く中に入り、後手にドアを閉めた。

女の顔色が変った。

「何をするんです？」

「君に、聞きたいことがある。こちらの質問に答えてくれれば、何もしない。それは約束する」

「警察を呼ぶわよ」

「そんなことをしたら、警察が来る前に、君を絞め殺すぞ」

秋山は、女の腕をつかんで、奥へ押し込んだ。

女も、真っ青な顔だったが、秋山も、青ざめた顔になっていた。

「あなたは誰なの？」

と、女が甲高い声を出した。

「秋山だ」

「秋山というと、あの――恋人を殺して、井本部長も殺した――」

「殺したことになっているが、濡衣なんだ。君は、坂本梨江子だな？」

「殺さないで！」

と、梨江子は、金切声をあげた。秋山は、その顔を殴りつけた。

「こっちの質問に答えてくれれば、殺したりはしない」

「何を答えればいいの？」

梨江子は、怯えた眼で、秋山を見た。

「井本部長は、死ぬ前に、君のことを話した。君を、このマンションに囲っているとね。その通りか？　正直に答えるんだ」

「ええ。半年前から、部長さんのお世話になっていたわ。でも、彼が死んでしまったから、この生活も終りね」

「部長から、新井明子のことを聞いたことは？」

「あるわ。前に関係があったって」

「その他には？」

「秋山という男と結婚することになったともいってたわ。それが、あなたね？」

「厄介払いが出来て、せいせいしたとはいってなかったか？」

「いえ。そうはいってなかったわ」

「じゃあ、明子にまだ未練があったのか？」

「それも違うみたいだったわ」

「いったい、明子のことを、何といってたんだ？」

「部長さんは、誰にもいうなといってたから――」

「その部長は、もう死んだんだ」

「そうだったわね」

梨江子は、若い娘らしく、簡単に肯いた。

「話してくれ。部長は、明子のことを、何といってたんだ？」

「彼女に、大金をゆすられているといってたわ。それで困ってるって」

「明子が、大金をゆすっていたって？」

「ええ。部長さんは、そういってたわ」

「そんな女じゃない」

と、秋山は、いった。が、その時、別の考えが、彼の頭をかすめた。

明子と最後に食事をした時、彼女がいったことを思い出したのだ。

明子は、金持ちの叔母が死ねば、大金が入ってくるから、半年、結婚は待ってくれといった。その叔母は架空の人間だったが、大金というのは、井本部長をゆすって手に入れるつもりの金だったのではないのだろうか。

（しかし――）

と、秋山は、首をひねった。

秋山は、死んだ井本の性格をよく知っていた。女性関係で脅迫されたぐらいで、大金を払うような男ではない。彼の妻は昔風の女で、明子のことは、半ば公認だった。だから、明子は、自分と井本との関係をタネに、相手を脅迫することは出来ない筈だった。

（では、何をタネに、明子は、井本をゆすっていたのだろうか？）

「くわしく話してくれ」

と、秋山は、梨江子にいった。

「何を？」

「明子が、大金をゆすっていたという話をだよ。彼女は、何をタネに、部長をゆすっていたんだ？」

「知らないわ」

「しかし、君には、明子にゆすられて困ったといったんだろう？」

「そうよ。そういってたわ。それも、大変な金額みたいだったわ」

「何故、そう思うんだ？」

「だって、今は不景気なんだから、そんな大金は払える筈がないって、いってたもの」

「ちょっと待ってくれ」

秋山は、相手の言葉を、手をあげて制した。梨江子のいい方が、奇妙だったからだ。

「今は不景気だから、あんな大金は払える筈がないといったのか？」

「そうよ」

「ちょっと変じゃないか」

「何が？」

「確かに今は不景気で、会社の利益率も下っているようだが、部長が賃金カットされたなんて話は聞いてない。それとも、部長は、何か副業をやっていたのか？」

「そんな話は聞いたことがないわ。定年退職したら、独立して、何か事業をやりたいとはいってたけど――」

「じゃあ、そのいい方はおかしいんだ」

秋山は、眉をひそめ、ソファに坐らせた梨江子の前を、行ったり来たりした。

梨江子の顔から、もう怯えの色は消えていた。その代りに、好奇心が、顔をのぞかせていた。

「いいか」

と、秋山は、考えをまとめようとするように、指先を、梨江子に向けた。

「もし、明子が、部長をゆすっていたのなら、『払える筈がない』なんて、他人事みたいないい方をする筈がないじゃないか？　そうだろう？　え？」

「でも、部長さんは、新井明子にゆすられて困っているといってたわ」

「そこだ。部長も、ゆすられていた一人だったんだ」

「え？」

「明子は、部長を含めて何人かの人間をゆすっていたんだ。いや、違うな。もっと大きな相手だ。そうだ。明子は、会社をゆすっていたんだ」

7

「会社ですって？」

梨江子が、口をあんぐりとあけて、秋山を見上げた。

「そうさ。明子は、部長を通して、中央物産をゆすっていたんだ」

「まさか。そんなことを――」

「他には考えられないな」

秋山は、自信を持っていった。

明子は、長い間、営業部長秘書をやっている中に、何か会社の秘密を嗅ぎつけたのだ。

秋山と結婚したら、会社を辞めるつもりの明子は、それをタネに、大金を手に入れようとしたのだ。

会社なら、今の不景気をまともに受けているし、井本の言葉も、納得できるというものだ。

多分、井本は、「今は不景気なんだから、そんな大金を、会社だって払える筈がない」というつもりでいったのだろう。

明子が、会社のどんな秘密をつかんだのか、彼女が死んでしまった今となっては、わかる筈もない。社長の使い込みなのか、それとも、醜い政界とのつながりか。それは、どうでもよかった。とにかく、明子は、会社をゆすっていたのだ。

明子は、結婚を半年待ってくれといった。ゆする相手が個人だったら、半年も待ってくれとはいわなかったろう。相手が大きな組織だったからこそ、金を手に入れるには、時間がかかると考えていたのだ。

だが、相手が強大過ぎたから、明子は、命を落してしまった。

相手は、口をふさぐために、金を払う代りに明子を殺し、続いて、井本も殺してしまったのだ。

相手が、中央物産では、強大すぎる。

(だが、二人を殺したのは、人間なのだ)

と、秋山は、思った。

相手が人間だと考えれば、戦えない筈はないのだ。

犯人は、多摩川の土手で、井本を射殺した。

だから、銃を射てる奴だ。それも、射撃の名手といっていいだろう。夜の土手で、しかも、かなり離れたところから、井本を射殺したのだから。

これがアメリカだったら、殺し屋をやとったということも考えられる。ただ日本では、非現実的だ。

会社の人間と考えるのが、まともだろう。それも、会社の秘密を知っている一人とすれば、上層部の人間だ。

上層部の人間で、しかも、銃の名手。それが犯人だ。

「部長は、ここにも、猟銃を置いているんじゃないのか？」

と、秋山は、梨江子にきき、相手が返事をしない中に、近くにあった衣装ダンスを開けた。

彼女のドレスや、井本の背広などが納めてあったが、その向うに、猟銃がのぞいていた。

秋山は、それを手につかんだ。ずっしりとした重量感が、腕に伝わってきた。

秋山が、猟銃を手に持って、ソファに腰を下すと、梨江子は、また怯えた眼になって、

「それで、あたしを殺す気なの？」

と、声をふるわせた。

秋山は、苦笑した。

「そんな馬鹿なことはしないよ。音を立てたら、僕が捕まってしまうし、第一、僕は、銃を射ったことがないんだ」

「じゃあ、何故、そんなものを持ち出したの？」

「君に聞きたいことがあるからだ」

「何を？」

「部長は、ひとりでは、射撃はやっていなかったと思う。こういう遊びは、仲間を作ってやるものだからな。どんな仲間がいたか、君は知らないか？　よく部長が、猟に行っていた仲間だ」

「花田さんとは、ここからも電話して、猟のことを話していたわ」

「花田というと、秘書室長の？」

「ええ」

「あいつか」

秋山は、いかにもエリートサラリーマンという感じの花田敏夫の青白い顔を思い出した。

三十五歳で、秘書室長というのは、中央物産では出世頭といってよかった。しかも、花田は、社長の次女と結婚している。

「あいつか」

と、秋山は、もう一度、呟いた。

「電話帳はあるか？」

「電話の脇よ」

と、梨江子がいった。

秋山は、部厚い電話帳で、花田敏夫の名前を引いた。

相手が都内に住んでいてくれたので、その電話帳にのっていた。

住所は、三田のマンションになっている。

秋山は、小さく咳払(せきばら)いをし、呼吸をととのえてから、相手の電話番号を回した。

「花田ですが」

という男の声が聞こえた。

「中央物産秘書室長の花田さんだね？」

秋山は、念を押した。

「そうですが、あなたは？」

「秋山だ。新井明子と、井本営業部長を殺した容疑で、警察に追われている秋山だよ」

「――――」

「おい。聞いているのか？」

「その秋山が、何故、おれに電話して来たんだ？」

「あんたが、真犯人だとわかったからさ」

「何を馬鹿な」

「今、おれは、坂本梨江子のところにいる。井本部長の彼女の家だ。井本が、何もかも、彼女に話していた。それを、今聞いたところさ。新井明子は、会社の秘密を握り、井本を通じて、会社を脅迫していたんだ。困った井本は、あんたに相談したのさ。それが、二つの殺人事件に発展したというわけだ。あんたが、会社のために、明子と井本の口を封じたというわけさ。だが、あんたは、井本がおしゃべりで、何もかも、ここにいる坂本梨江子に話していたことに気づかなかった。うかつだったね」

「何がいいたいんだ？」

「おれは、金が欲しい」

「金だって？」

「そうさ。新井明子が貰う筈だった金だよ。その金を貰ったら、おれは、この日本におさらばする。つくづく、この日本という国が、嫌になったからな」

「一億円なんて大金は、そう簡単には用意できんよ」

花田は、怒った声でいった。

(明子は、一億円を要求していたのか？)

と、思いながら、秋山は、

「とにかく、すぐ金が欲しいんだ。いくらなら、用意できる？」

「今、現金五十万しかない」

「よし。それなら、その現金五十万と、宝石を寄越すんだ。そうすれば、明子がゆすりのタネにしたことは忘れてやる」

「宝石なんか、私は持っていないよ」

「嘘をつくんじゃない。あんたの奥さんが一杯持っている筈だ。なにしろ、社長の娘なんだからな。一千万円相当ぐらいの宝石は持ってくるんだ」

「何処へ持って行けばいい？」

「多摩川の土手にしよう。あんたが、井本部長を射殺した場所さ。そういえばわかるだろう。いいか、十一時までに、あの場所へ、現金五十万と、一千万相当の宝石を持ってくるんだ」

「十一時だな？」

「そうだ。いっておくが、井本部長みたいに、おれをいきなり射ち殺したりするなよ。そんなことをすれば、全てがバレる仕掛けにしておくからな」

「わかった。十一時までに、君の要求するものを持って、多摩川へ行くことにしよう」

「車で来るのか？」

「そうだ」

「車の種類を聞いておこうか」

「トヨタの一番大きな車だ。色はブルー。これでいいかね？」

「いいだろう」

秋山は、電話を切って、梨江子を見た。

梨江子は、こわばった顔で、秋山を見返した。

「なぜ、あたしの名前を出したの？」

「そうしなければ、相手が信用しないと思ったからだ。それに——」

「それに、何なの？」

「意識的に、君を今度の事件に巻き込んだんだ」

「なぜ、そんなことをするのよ？　あたしまで危険になるじゃないの？」

「その通りさ。君が助かる道は、おれのいう通りに動くことだけだ。そうすれば、君は、奴等に殺されずにすむ」

「どうすればいいの？」

「これから、おれは、花田に会いに行ってくる。おれが、ここを出たら、警察に知らせるんだ。全てを、ありのままにだ。新井明子が、会社の秘密を握って、井本部長を通して一億円も脅迫していたこと。真犯人は、秘書室長の花田で、彼は、会社の秘密を守るために、明子を殺し、井本を射殺したこと。そして、おれが、その花田に、十一時に多摩川で会うこと。この三つを、警察に知らせるんだ。井本部長が射殺された場所だといえば、警察は、すぐわかる筈だ」

「あたしが、その通りにしたら、あたしは安全なの？」

「警察が、花田を逮捕すれば、もう君は安全だよ。だが、君が、おれのいう通りに動いてくれないと、おれも殺されるだろうし、次には、君も殺される。さっき電話で、君も、秘密を知ったといっておいたからな」

「わかったわ」

と、梨江子はいった。

秋山は、話題を元へ戻してから、部屋を出た。

マンションを出る。降り続いていた小雨は、やっとあがっていた。

時間は九時五分だった。

手をあげて、タクシーを拾うと、

「多摩川へやってくれ」

と、運転手にいった。

あと二時間で、全てが終るのだと、秋山は思った。

その終り方は、自分も三人目の犠牲者として殺されてしまうかも知れないし、真犯人として花田が逮捕されて終るかも知れない。どちらにしろ、結末がつくことだけは確かなのだ。

秋山は多摩川の少し手前で、タクシーをおりた。

腕時計を見る。十一時までには、まだ、五十分以上あった。

梨江子は、もう、警察に連絡したろうか？

それは、彼女を信頼するより仕方がない。

月が出てきた。

それが、秋山にとって、プラスになるかマイナスになるか、わからなかった。

ゆっくりと、問題の土手に近づいて行った。

ブルーに塗られたトヨタの車が、土手の上に停っているのが見えた。

じっと見すえた。

運転席に、人間が一人乗っているのが見えた。

あれが、花田だろう。

車に近づいたとたんに、猟銃で射って逃げ去るとは、秋山は考えなかった。彼がどこまで知っているのか、まず、それを、相手は確かめるに違いないと思ったからだった。

もちろん、彼の思惑が外れることもあり得る。だから、いきなり射たれる可能性だって、無くはないのだ。

もし、後者だったら、不運と諦めるより仕方がない。

秋山が近づくと、向うも、ドアを開けて、車の外に出て来た。手に猟銃を持っていないのを見て、秋山はほっとした。

「花田だな？」

「秋山か？」

と、お互いを確認するように、見つめ合った。

「金は持って来たのか？」

秋山がきいた。

「立ち話もおかしいだろう。車に乗りたまえ。坐って、ゆっくり話し合おうじゃないか」

花田は、落ち着いた声でいった。それが、相手の虚勢なのかどうか、秋山には、判断がつかなかった。

「いや。外のほうがいい」

「何故？」

「空気がいいからだ」

「しかし、金と宝石を見たいんだろう？　ケースに入れて、助手席に置いてある。車の中に入って、明りの下で見たらどうなんだ？」

と花田がいう。

「じゃあ、ここへ持って来い」

と、秋山は、いい返した。周囲から見える場所にいたかった。梨江子の一一〇番で、警察が来てくれていたら、その視野の中で、花田に、殺人を認めさせたかった。

花田が、ニヤッと笑った。

秋山の眼が険しくなった。

「何がおかしいんだ？」

「やっぱりだと思ったからさ」

「やっぱり――？」

「君は、会社の秘密なんか知ってやしないのさ。私にハッタリをかけてきたんだ」

「何をいうか」と、秋山は、声を大きくした。

「おれは、何もかも知ってるぞ！」

「そうかね」

花田は、馬鹿にしたように、鼻に小じわを寄せてから、

「動くなよ」

と、秋山にいった。

「何だと？」

「動くなといってるんだ。車の後席から銃が君を狙っている」

嘘ではなかった。いつの間にか、後席の窓が開き、そこに現われた人間が、猟銃で秋山を狙った。

女だった。多分、花田の妻だろう。

「この距離からなら、彼女でも君を射ち殺すことは可能だよ」

と、花田は、脅かすようにいった。

「家族まで、事件に巻き込むつもりなのか」

秋山がいうと、花田は、笑って、

「家内は、自分からここへ来てくれたんだよ。社長の娘の彼女にとっては、この事件は他人事じゃないからね。だから、君が逃げようとすれば、容赦なく射つと思うね。会社を守るために。それに、もう一つ、君にいっておいてやろう。君は、こうしている中に、警察が来てくれて、私を、真犯人として逮捕してくれるのを期待しているんじゃないのかね？」

「――――」

「それなら、諦めたほうがいいな」と、花田は、笑った。

「君は、坂本梨江子に一一〇番してくれと頼んで、ここにやって来たんだろうが、彼女は一一〇番する代りに、私に電話して来たんだ。顔色が蒼くなったじゃないか。君は、ちょっと脅かせば、誰でも、いうことを聞くと思っているらしいが、人間は、恐怖より、欲望で動くものさ。坂本梨江子は、君を裏切る代償として、五百万くれといってきた。彼女としてみたら、一一〇番したって、一円にもならない。パトロンの井本部長が死んで、金が欲しかったから、私に電話して来たんだ。今の世の中は、正義でも、愛でも動きはしない。金で動くんだ。どうやら、君は、そこを見誤っていたらしいな」

「僕をどうする気だ？」

「とにかく、車に乗って貰う」

「いやだといったら、どうする気だ？」

「ここで射殺する」

「そんなことしたら、犯人がいなくなって、あんたたちが困るんじゃないのか？」

「そうでもないな。君は、恋人と上司を殺した揚句、高飛び用の金が欲しくて、私を脅した。止むを得ず、私が射殺したことにすれば、正当防衛になるんじゃないかね。そんな面倒なことをしないでも、君が自殺したことにしてもいい。猟銃による自殺さ。それとも、坂本梨江子を殺して、二人の死体を並べて、無理心中に見せてもいい。君がお望みならね」

花田は、楽しそうに喋った。もともと、冷酷な男なのだ。

(こいつは、殺すといったら殺す奴だ)

秋山は、激しい恐怖に襲われ、花田の身体を突き飛ばすと、土手を駈けおりた。

背後で、銃声がとどろき、弾丸が、彼の身体をかすめて飛び去った。

花田が、妻から猟銃を奪い取った。

「私が射つ」

と、彼の叫ぶ声が秋山にも聞こえた。

(もう駄目だ)

と、秋山は、観念した。花田に狙われたら、逃げようがない。それに、河原は、かくれるところがない。

その時、突然、誰かが、

「伏せろ!」

と、怒鳴った。

秋山は、反射的に、草むらに伏せた。

銃声は、猟銃のものではなかった。

誰かが、悲鳴をあげたが、伏せている秋山には、何が起きたのかわからなかった。

急に静寂がきて、足音が近づいてきた。

「終ったよ。もう立っていいぞ」

と、男の声がいった。

秋山は、のろのろと立ち上ったが、そこに、彼を訊問した世田谷署の刑事の顔を見つけて、ぎょっとなった。あのねずみの眼をした刑事だった。

「真犯人が見つかってよかったな」

と、その刑事は、相変らず、不愛想にいった。

「やっぱり、坂本梨江子が、一一〇番してくれたんですね」

秋山がいうと、刑事は、首を横にふった。

「誰からも、一一〇番などなかったよ」

「じゃあ、どうして、上手く駈けつけてくれたんです？」

「駈けつけたわけじゃない。ずっと君のあとをつけていたんだ」

「僕のあとを？」

「そうさ。君を新井明子殺しの犯人だと睨んだが、君のいうことが、馬鹿らし過ぎたんでね。夕食を一緒にしたのに、送っても行かず、そのくせ、夜中の十二時に訪ねている。犯人なら、もっと上手に嘘をつくだろうと思った。それで泳がせてみることにしたのさ」

「じゃあ、わざと僕を逃がしたんですか？」

「そうだよ。警察は、素人の君が簡単に逃げ出せるほど甘くはないんだ。わざと逃げるように仕向けたのさ。手錠もかけず、金も持たせたままにしてだ」

はじめて、刑事は、ニヤッと笑った。

「花田は死んだんですか？」

「いや。肩を射ったから、死にはしない。彼は、何もかも喋ってくれるだろう。彼の奥さんもね」

「じゃあ、僕は、釈放されるんですね？」

秋山がきくと、刑事は、暗い眼つきをした。

「残念だが、そうもいかんのだ。君は、井本部長の娘を誘拐した。だから逮捕しなければならん。ただし、裁判になれば、情状酌量されるだろう」

「手錠をかけるんですか？」

「いや。だが、今度は逃げるなよ」

と刑事がいった。

怠惰（たいだ）な夜

1

赤信号で車を止めたとき、川辺は、そばの歩道を、ぶらぶら歩いている若い男に眼を止めた。

勿論(もちろん)、知らない男である。川辺と同じくらいの年齢だが、くたびれた背広を着て、同じように、くたびれた顔をしているところを見ると、この近くの会社で働く安サラリーマンだろう。

このあたりが、高級ナイトクラブの並ぶN通りのせいか、その男の姿は、場違いな感じを与える。当人も、それを感じているらしく、着飾ったクラブのホステスにすれ違うと、おどおどした様子で、顔を伏せている。そのくせ、女の後ろ姿を、じろじろと見送ったり、クラブの中を、のぞき見するような眼をしたりしているのは、やはり、関心があるからに違いない。

川辺は、助手席で、生欠伸(なまあくび)をしている京子のわき腹のあたりを、突っついた。

「あいつを見ろよ」

と、川辺は、男を指さした。京子は、面倒くさそうに、顔をねじ向けたが、ちらっと見ただけで、

「あの男がどうかしたの？」

と、興味のなさそうな声を出した。

「金もなさそうじゃないの」

「そうさ」

と、川辺は笑った。信号が青に変わったが、彼は、車をちょっと走らせただけで、すぐ、歩道に寄せて止めてしまった。

「典型的な安サラリーマンだな」

と、川辺は、まだ、男の姿を眼で追いながら、いった。

男は、自分が話題になっているのも知らずに、ふらふら歩いて行く。相変らず、物ほしげな顔つきだ。時々、手をポケットに突っ込んでいるのは、小銭でも勘定しているらしい。が、そんな金で遊べるような店は、このあたりにはない。

「どうだ？」

川辺は、にやっと笑って、京子の顔を見た。

「れいの遊びをやってみないか？　あの男なら、きっと引っかかるぜ」

「また？」

と、京子は、眉を寄せて見たが、すぐ、笑ってしまったのは、川辺の提案がまんざらでもなかったからだろう。京子も、川辺と同じように退屈しているのだ。だから、くだらない遊びを発明して喜ぶ。

「れいの手だ」

と、川辺はいった。彼の眼が輝いている。人をからかうのは、楽しいものだ。相手が、小心そうなサラリーマンの時には、特に。

川辺は、ネクタイの結び目に、軽く手をやってから、車を降りた。

あの男は、彼の前を、どこへ行くあてもないといった格好で、のろのろ歩いている。

川辺は、大股に近づいて行って、うしろから肩を叩いた。

「大須賀さん」

川辺は、でたらめな名前を呼んだ。

2

男は、びっくりした顔で、ふり向いた。髭だけは、きちんと剃ってあるが、それがかえって、貧相さをきわだたせているような、男の顔だった。

男は、川辺の、一八〇センチ近い長身と、洗練された服装に圧倒されたように、眼をぱちぱちさせてから、

「人違いですよ」

と、小さい声でいった。

「僕の名前は――」

「いやですよ、とぼけちゃあ」

川辺は、相手の言葉を途中でさえぎり、押しかぶせる調子でいった。

「今日は、どうでも、僕に奢らせてもらいますからね」

「僕は——」

男が、口の中で、ぼそぼそいったとき、京子も、車から降りて来て、男に向かって、華やかな声をかけた。

「お、お、す、が、さん」

と、アクセントをつけて呼んだ。

「お久しぶり——ね」

「——」

男は、一瞬、ぽかんとした顔で、京子を見ている。京子は、クラブ「K」のナンバー・ワンだけあって、美人だし、男を引きつける華やかさを身につけている。

「どうなさったの？」

京子は、相手が、自分の魅力に眼を見張ったらしいことに満足して、にっこりと笑って見せた。

「そんな、きょとんとした顔をなさって。大須賀さんらしくないわ」

「人違いですよ」

と、また、男はいった。が、その声が、前より弱々しくなっていることを、川辺は、敏感に感じとって、心の中で、にやっとした。

川辺は、男の耳に口を寄せて、小声で囁いた。

「この娘が、ぼやいていましたよ。あんたに、この間、すっぽかされたって。今夜は、つき合ってやんなさいよ。この娘は、本気で、あんたに惚れてるんだから」

「――――」

男の頬のあたりが、微かに動いた。川辺は、また、にやりとする。

川辺には、相手の心の動きが、手に取るようにわかるのだ。最初、この男は、驚いて、人違いだということを証明しようと、一生懸命だった。だが、京子が現われ、彼女が惚れていると、川辺に囁かれてからは、少しずつ気が変わってきている。助平根性を出したのだ。この男と女は、自分を、大須賀という男に間違えているらしいが、このまま、その男になりすましていれば、この美しい女を抱けるかもしれない。

「何を、こそこそいっているの？」

京子がきく。川辺は、男に向かって、軽く片目をつぶって見せてから、

「大須賀さんが、今夜は、君と、つき合ってもいいとおっしゃったのさ」

と、京子にいった。

京子は、「嬉しい」と、大袈裟に、胸に手を当てて喜んでから、男の手を、そっとつかんだ。

それで、男の心が決まったようだった。

3

川辺は、京子と一緒に、男を近くのバーに誘い、たらふくのませてから、

「邪魔者は、このあたりで消えますよ」

と、男に囁いて、外に出た。

車に乗り、渋谷の近くにあるマンションに走らせる。ハンドルを動かしながら、川辺は、この後にくる楽しみを想像して、にやにやしていた。

人をからかうのは面白い。退屈さを忘れさせてくれる。こんなことでもしなければ、平和と無為の中に窒息してしまうだろう。

この間の遊びも面白かった。渋谷駅でのことだ。いかにも、金のなさそうな男だった。川辺は、一万円札でふくらんだ札入れを手に持って、その男に声をかけた。

「これを落としましたよ」

と。勿論、最初は、違うと、その男はいった。僕のじゃないと。だが、川辺が重ねて、

「これは、あんたのだ。僕は、あんたが落としたところを見たんだから」

というと、その男の様子が変わってきた。急に、きょろきょろとまわりを見回し、近くに、人影のないのを見ると、川辺の手から、札入れを引ったくって、

「僕のです」

と、のどに詰まったような声を出した。

「確かに僕のです。僕の財布です」

そんな言葉を、呪文(じゅもん)みたいに繰り返してから、立ち去ろうとした。勿論、これで終わ

っては、遊びの価値はない。だから、その時まで、柱のかげにかくれていた京子が、顔を出して、打ち合わせておいた通りの言葉を、その男に投げつけた。

「泥棒ッ」

と、いきなり驚かしておいてから、

「その財布は、あんたんじゃないわ。あたしは、ちゃんと見てたのよ」

その瞬間の、男の狼狽ぶりといったらなかった。あわてて、札入れを放り出すと、一目散に逃げ出した。川辺と京子は、それを見て、げらげら笑ってしまった――。

車は、マンションに着いた。

二階の「前岡京子」と小さく書かれたドアをあける。彼女の部屋だが、川辺の部屋といってもよかった。

女の匂いで、息が詰まりそうな部屋だ。同じような匂いでも、女によって、少しずつ違うと、川辺は思う。どうやら、前岡京子の匂いにも、少しばかり飽きてきたなと思った。美人だし、金も持っているが、それでも、一年も一緒だと飽きがくる。それでも、前の何人かの女のように、すぐ切れてしまわないのは、二人の性格に似かよったところがあるからだろう。たとえば、今夜のような悪戯が、二人とも好きだといったようなところが。

とにかく、退屈しのぎの遊びをするには、いい相棒だと、川辺は思う。

川辺は、ソファに腰をおろして、煙草に火をつけた。間もなく、ここに、京子が、あの男を連れてくるだろう。男は、うまく大須賀という人間に(そんな男は存在しないのに)なりすましたと自惚れ、京子を抱けることにわくわくしながら、この部屋に入ってくることだろう。その後が見ものだ。

外で、車の止まる音がした。川辺は、窓のところまで歩いて行って、カーテンのすき間から、マンションの前の大通りを見おろした。

ちょうど、タクシーがとまったところで、京子が、あの男と車から降りてくるのが見えた。男の足が、ちょっともつれているのは、酔っているからだろう。二人は、恋人同士のように、手をつないでいる。川辺は、軽く舌打ちをした。少し、芝居が過ぎるんじゃないか。

川辺は、明かりを消し、部屋の隅にある衣装ダンスに身体をかくした。ここから、男が狼狽して逃げ出していく様子を、ゆっくり見物させてもらうという寸法だった。

二人は、なかなか、部屋に入って来ない。待つということは、時間を長く感じるものである。川辺は、いらいらしながら、狭いタンスの中を見回した。暗いので、殆ど、何も見えないが、手を動かすと、棚の上で、何か堅いものに触れた。

拳銃だった。川辺が、京子に預けておいたものだった。半年ばかり前、バーでチンピラと知り合い、その男から買ったものである。そのチンピラが警察に捕まったので、川辺は、京子に預けたのだが、こんな所にしまっているのか。警察に家探しされたら、簡単に見つかってしまうではないか。

川辺が、その拳銃を、自分のポケットに放り込んだとき、廊下に、乱れた足音が聞こえた。

ドアが開いた。

京子がスイッチを入れたらしく、部屋が、ぱあっと明るくなった。

川辺は、戸のすき間から、眼をこらした。覗き(のぞ)と同じで、ちょっとしたスリルだった。

あの男は、ソファに腰をおろし、ぼんやりと部屋を見回している。まるで、自分が、女の部屋にいるのが信じられないといった顔つきをしている。

「着がえをするから、ちょっと待っててね」

京子が、甘えた声でいい、ゆっくり衣装ダンスに近づいて来て、戸を開けた。

川辺と、京子の顔が合った。彼女が、にやっと笑った。

「あの男、あたしに夢中よ」

と、小声でいう。

「あんたも、少し見習ったら？」

「遊びだってことを忘れるなよ」

川辺も、低い声で釘(くぎ)を刺した。京子は、ふふふと、低く笑った。

「ばかね」

と、京子はいい、さっさと、ドレスを脱(ぬ)ぎ始めた。

彼女の肩越しに見える男の眼が、ぎらっと光ったように、川辺には見えた。

（女に不自由している男なんだな）

と、川辺は思った。それだけ、からかいがいがあるが、少しばかり危険かもしれない。

4

「大須賀さん」

京子は、着がえをしながら、男に声をかけた。

「赤坂の芸者とも、つき合ってるんですってね？」

「え？」

「とぼけても駄目。証拠は、ちゃんとあがっているんだから。芸者って、可愛い？」

京子は、勿論、男をからかっているのだ。しゃべりながら、眼の前にいる川辺に向かって、笑って見せている。

「そりゃあ、芸者というやつは――」

男が、間の抜けた声で、京子の背中に向かって返事をした。精一杯「大須賀」になりすまそうと努力している様子がおかしくて、川辺は、危なく吹き出しそうになり、あわてて、口を押えた。

ナイトガウンに着がえた京子が、衣装ダンスの戸を閉めた。また、川辺のまわりが暗くなり、すき間からのぞく姿勢になった。

京子は、男の前の籐イスに腰をおろすと、膝を組んだ。ガウンの裾が割れて、白い足が、股のあたりまでむき出しになる。途端に、男の眼が、また光ったようだった。

川辺は、狭苦しい衣装ダンスの中で、軽く舌打ちをした。相手をじらしておいてから、いざとなった時に、急に、人違いだと気づいたふりをして、部屋から叩き出してしまう。それが、遊びの筋書きだが、京子は、少し、芝居が過ぎると、また、思った。

「今日は、帰さないわよ」

と、京子は、男に向かって、いった。

「覚悟していらっしゃい」

「――――」

男は、黙っている。が、のぞいている川辺には、男が、唾をのみ込むのがわかるような気がした。

京子は、少しばかり、相手を挑発しすぎると、川辺は、思った。じらすのは面白いが、余り刺激しすぎると、面倒なことになる。そのくらいのことは、彼女にだって、わかっているはずではないか。まさか、遊びの段取りを忘れてしまったわけではないだろう。

「大須賀さんも、上着をお脱ぎになったら」

と、京子がいった。

「暑くてしようがないでしょう？　それに、ここに来てまで堅苦しくしていることもないし――」

その言葉で、川辺は、安心した。相手の上着を脱がせ、ポケットに入っている身分証明書か定期を見つけ出し、初めて、人違いに気づいたふりをして、相手を怒鳴りつける。それが、遊びの筋書きだったからである。

前にも、同じ遊びをやったが、相手は、あわてふためいて、身分証明書を置きっぱなしにして逃げていった。翌日、川辺が、会社まで返しに行ってやったが、それを受けとる時の相手の顔つきといったらなかった。

京子は、男の背中に回って、上着を脱がせている。男は、次の瞬間には、自分がここから叩き出されるのも知らずに、にやにやしている。

川辺は、じっと、眼をこらして、次の瞬間を待った。京子は、何気ない様子で、ポケットに手を入れ、身分証明書を見つけ出すに違いない。サラリーマンなら、必ず、持っているはずなのだ。

京子は、身分証明書を手に持って、男を、怒鳴りつけるに違いない。

「あんた、大須賀さんじゃないのねッ」

と。偶然、男の姓が大須賀だったとしても、名前の方が違うといえば、因縁はつけられる。

京子は、上着と身分証明書を、男に向かって投げつける。男は、あわてて、上着を拾いあげて逃げ出すに違いない。いつかと同じように。

川辺は、タンスの中で、小型カメラを構えた。逃げ出す男の滑稽な姿を、写すためである。あとで、その写真を送ってやったら、あの貧相な男は、どんな顔をするだろうか。

川辺は、すき間を、ほんの少し広げて、ファインダーをのぞいた。が、彼の期待した「次の瞬間」は、一向に来る様子がなかった。

5

京子は、男から上着を取りあげた。が、ポケットをさがす気配は、一向に見せず、それを、部屋の隅の衣紋掛けに掛けただけだった。

川辺は、見ていて、危なく、「筋書きが違うぞ」と、怒鳴るところだった。あいつは、本当に、筋書きを忘れてしまったのだろうか。それとも、別に、魂胆があるのだろうか。

「あなたは、あたしのことを、どう思ってるの？」

京子が、男にきいた。大須賀が、いつの間にか、あなたになっている。川辺は、京子が、あの男を本気で好きになったのかと、ぎょっとした。が、すぐ、その考えを自分で打ち消した。

京子は、面食いで有名な女だ。だから、川辺のような男と関係ができたともいえるのだが、そんな女が、あんな貧相な男に惚れるはずがなかった。

（だが、それなら、何を、もたもたしているのだろうか？）

「勿論、好きだよ」

と、男が、恋人気取りで、返事をしている。

「嬉しいわ」

と、京子が、にっこりしていう。

「あたしも、あなたが好き。だから、今日は――」

語尾は小声になって、衣装ダンスの中の川辺には、聞き取れなかった。どうせ、相手を挑発するようなことをいったのだろう。芝居がかったいい方から考えて、本気でいっているのではないことは川辺にもわかったが、それだけに、一向に、筋書き通りに動こうとしない京子に、次第に腹を立ててきた。

（一体何をぐずぐずしているんだろうか？）

川辺が、京子の白い横顔を、睨むように見たとき、男が、ふいに、ソファから立ち上がると、ふらふらと京子に近づいて、いきなり彼女に抱きついた。

京子が、嬌声をあげた。それは、確かに、悲鳴でなくて、嬌声だった。それでも、男の腕から、すり抜けると、

「あせっちゃ駄目よ」

と、上気した顔で、男にいった。その顔は、笑っていた。

「あたしは、ムードがないのは嫌いなの。あなたにだって、わかるでしょう。女はね、好きな人に抱かれる時だって、いいムードで抱かれたがるものなのよ」

男が何かいった。が、川辺には聞きとれなかった。どうせ、すまないとか何とかいったのだろう。京子が、また、男に向かって、にっこり笑った。

川辺は、その誘うような笑顔を見て、「あっ」と思った。彼女の魂胆に気がついたか

らである。

京子は、からかっているのだ。からかっているのは、あの男ではなく、川辺なのだ。彼女は、川辺が、衣装ダンスから飛び出せないのを承知で、彼を、からかっているのだ。

川辺は、ひどく苦いものが、胸にこみあげてくるのを感じた。自分は、少しばかり京子に飽きているが彼女の方は、相変わらず夢中だと、自惚れていた。そう考えることは、プレイボーイを自称する川辺の自尊心を、擽るのだ。

(だが、ひょっとすると、京子の方でも、俺に飽きが来ていたのではあるまいか)

だから、あんな風に、俺を、からかっているのではないのか。

京子は、カクテルを作って、男にのませている。彼女のいうムード作りをやっているらしい。

男は、いい気になって、酒をのんでいる。すっかり、恋人気取りの顔つきだ。京子は、いつまで、このつまらない芝居を続けている気なのだろうか。

川辺は、腹が立ってくるにつれて、衣装ダンスの狭さに、次第に辟易してきた。当たり前の話だが、衣装ダンスは、人間が入るようにはできていない。身動きがとれない狭さだし、それに、ひどく暑苦しかった。

京子と男は、いつの間にか、ソファに並んで腰をおろしている。男の腕が、京子の肩に回されているが、今度は、それを振りほどこうとはしない。

勿論、川辺がのぞいているのを承知で、そうさせているのだろうし、川辺がいらいらするのを楽しんでいるに違いない。

　京子が、男の耳に口を寄せて何かいっている。男は、手で頭をかいた。照れている様子だ。あなたはハンサムだとか何とか、彼女はいったのだろう。

　川辺は、眉をひそめ、ポケットの拳銃を、手で押えた。今、拳銃を振り回して、ここから飛び出していったら、あの男は、真っ青になって、逃げ出して行くことだろう。

　だが、川辺は、そんなことはしなかった。それでは、完全な美人局に見られてしまうからだし、プレイボーイを自称する手前も、そんな泥くさいことはしたくない。それに、美人局だといって、警察に訴えられる恐れもある。

　京子は、そんな川辺の気持を知っていて、彼をからかっているに違いなかった。見せつけているのだ。

　男の手が伸びて、ナイトガウンの上から、京子の乳房のあたりを押えている。男は、もう、おどおどしてもいなければ、照れてもいなかった。京子は、擽ったそうに笑った。が、そのままにさせている。川辺は、次第に我慢ができなくなってきた。

　汗が、額から流れてくるのも不快だった。手もべたべたしてくる。京子と男がふざけ合っているのを、窮屈な姿勢で見守っていなければならない自分の姿が、ひどく滑稽なものに思えてきた。

　それが、堪えられなかった。これでは、あの男がピエロではなくて、この俺が、ピエロではないか。

男が、京子に向かって、唇を寄せていくのを見て、我慢がならなくなった川辺は、戸を蹴破る勢いで、衣装ダンスから飛び出した。

6

時の勢いというやつだった。男は、きっと、てっきり巧妙な美人局にあったと思うだろうが、そう思われても構わないと思った。とにかく、この猿芝居を、京子にやめさせなければならない。

川辺は、飛び出すと同時に、拳銃を男に突きつけた。

男の顔が、真っ青になった。

「この野郎ッ」

と、川辺は怒鳴りつけた。

「俺の女に、何をしやがる」

「僕は——」

男は、唇をふるわせて、ぼそぼそといった。

「僕は、だから、最初から人違いだと、なんべんも——」

「何を、つべこべいってやがる。さっさと消えうせろッ」

川辺は、また、怒鳴った。半分は本気で、半分は芝居だった。

男は、こそこそと逃げ出した。腰でも抜けたのか、へっぴり腰で、部屋を出て行く。

ドアの閉まる音を聞いてから、川辺は、京子に向き直った。

京子は、無表情に、川辺を見返した。笑ってもいないが、こわがってもいなかった。

「さっきのは、何の真似だ？」

と、川辺は、詰問する口調でいった。

「あんな猿芝居は、俺たちの作った遊びの筋書きにはなかったはずだぞ」

「それが、どうかしたの？」

京子は、平然とした顔で、聞き返してきた。

「何ていいぐさだ」

川辺の語気も荒くなった。

「俺を、からかう気か？」

「なぜ、そんなことをいうのかしら」

京子は、にやっと笑って見せた。

「からかう相手は、さっきの人のはずじゃなかったのかしら？」

「一体、どうしたんだ？」

川辺が、一層、いらだって、難詰するようにいうと、京子は、返事をせずに、ふらっとソファから立ち上がって、

「あらあら」

と、ばかにしたような声を出した。

「あの人、あんたにおどかされたんで、上着を忘れてっちゃったわ」

「俺の質問に答えるんだ」

「忘れてたわ。上着のポケットを探して、身分証明書を見つけるんだったわね」

「俺は、そんなことはきいてないぞ」

「――――」

京子は、返事をせずに、男の上着を手に取ると、ポケットに手を突っ込んだ。指先で、定期入れを取り出すと、

「P生命新橋支店営業部――」

と、身分証明書を読んだ。

「あの人、保険屋さんだったのね」

「あの人なんていい方はやめろ」

と、川辺は、また、怒鳴った。

「さっさと、俺の質問に答えるんだ」

「そんなに怒鳴らないで頂戴よ」

京子は、ソファに戻ると、眉をひそめて見せた。

「耳が痛くなるわ。あの人は、顔はまずいけど、もっと優しかったわよ」

京子は、まだ、川辺をからかっているのだ。わざと、さっきの男を、あの人と呼んだりして。そして、川辺が怒るのを楽しんでいるように見える。

（その気なら――）

と、川辺は思った。

（こっちは、お前をおどかして、顔から血の気をなくしてやる）

川辺は、ポケットにしまった拳銃を、もう一ぺん取り出して、銃口を、京子に向けた。

「俺は、裏切るような女は許せない性質（たち）なんだ」

と、川辺は、いった。

7

「お前を殺してやる」

「――」

京子は、黙って、川辺の顔を見上げた。が、その顔は、彼の期待に反して、少しも、青くはならなかった。

「俺は本気だぞ」

と、川辺はいった。

しかし、京子は、平気な顔で、「そう」と、いっただけである。

「撃ちたければ、撃てばいいわ」

「――」

今度は、川辺が、黙ってしまった。

(なぜ、京子は、平気な顔をしているのだろうか?)

それがわからなかった。川辺に、撃てるはずがないと、タカをくっているのだろうか。そうは考えられなかった。川辺には、昔からエキセントリックなところがあって、妙に残酷なところがある。そのことは、京子も知っているはずだった。彼女自身、いつだったか、川辺に向かって、「あんたって、何をやるかわからないから、薄気味が悪いわ」と、いったことがある。

(この拳銃が、玩具だと思っているのか)

それで、平然としているのかもしれない。

川辺は、京子に向かって、にやりと笑って見せた。

「お前に一つ教えてやるが、この拳銃は、本物なんだぜ」

どうだ? と、川辺は、京子を見たが、彼女は、相変わらず平然としていた。

「そんなことはわかってるわ」

と、京子は、いった。

「あたしにだって、本物と玩具の区別ぐらいつくわ」

「そうか」

と、川辺は、笑いを消した顔で、京子を睨んだ。

「そうだとすると、よっぽど、命がいらないんだな」

「だから、撃ちたければ撃ちなさいって、いってるじゃないの」

京子は、眉をひそめていった。

「そんなものでおどして、あたしに謝らせようとしても駄目よ」

「ただのおどしだと思ってるのか？」

「へえ、そうじゃないの？」

京子は、ばかにしたように、鼻に小皺を寄せて、薄笑いをした。

「あんたには、つまらない遊びと、下手な芝居しかできないと思ってたんだけどね」

「何をッ」

「いくら大声で怒鳴っても駄目よ」

京子は、笑った。

「今日は、つくづく、あんたに愛想がつきたわ。なにさ。ちょっとばかり、知らない男に親切にしたからって、眼の色を変えて怒鳴ったりしてさ。第一、あんなつまらない遊びを考えついて、あたしにやらせたのは、あんたじゃないの。それがうまくいかなかったからって、そんなものを振り回すなんて、最低もいいとこだわ」

「くそッ」

「それしかいえないの？」

京子が、からかう眼で、川辺を見る。川辺は、次第に、本当に怒りがこみあげてくるのを感じた。おどしが、おどしでなくなりそうだった。

「本当に、お前を殺してやる」

「だから、さっきから、撃ちたければ撃ちなさいって、いってるじゃないの。どうせ口先だけで、撃てやしないでしょうけどね」

「命が惜しくないのか？」

「今度は、あたしのことを心配してくれてるの？」

京子は、相変らず、突っかかるようなものの言い方をする。

「そんな調子じゃ、ハエ一匹、殺せやしないわね」

京子は、小さく生欠伸をした。

「本当につまらない男ね。あんたって。さっきの男より、よっぽどつまらない人間ね」

「――」

川辺の眼がすわってきた。あのつまらない男と俺を比較するのか。その彼女の言葉は、川辺には、我慢がならなかった。

「ようし――」

と、川辺は、押し殺した声で、京子にいった。

「そんなに死にたけりゃ、俺が望み通り殺してやる」

「ふん。撃つ勇気もないくせに。手がふるえてるわよ」

「死ね」

川辺は、指先に力をこめて、引き金を引いた。

強い衝撃。そして、凄まじい爆発音と悲鳴が部屋一杯に広がり、間をおいて、人間の倒れる音がした。

8

京子は、じっと、倒れたまま動かない川辺を見おろした。顔がザクロのように砕けて、爆発の物凄さを示していた。恐らく、即死だったろう。

京子は、ソファに腰をおろすと、ほっと、息をついた。拳銃にちょっと細工をして、引き金を引けば暴発するようにしておいたのだが、うまくいくかどうかが、心配だった。それに、川辺にうまく引き金を引かせることができるかどうかも。それがうまくいったところをみると、彼女の演技もまんざらではなかったらしい。

京子が、口元に、小さな笑いを浮かべたとき、ドアをノックする音が聞こえた。彼女の顔が、こわばった。

「だれ?」と、聞くと、「僕です」と、さっきの男の、情けなさそうな声が聞こえた。

「上着を返してくれませんか?」

「入って、持って行きなさいよ」

京子がいうと、ドアが開いて、あの男が、泣きべそをかいたような顔で入ってきたが、一歩部屋に入った途端、床に倒れている川辺の死体を見て、立ちすくんだ。

「ピストルが、暴発したのよ」

と、京子は、平然とした顔でいってから、男の上着を取って放ってやった。

「あんたは、かかわりあいにならない方がいいわよ」

「ええ」

男は、青い顔でうなずき、よろめくような格好で、部屋を出て行く。京子は、それを、急に、

「ちょっと待って」と、呼び止めた。

「あんたは、確か、保険屋さんね？」

「ええ」

「一つだけ、聞きたいことがあるんだけどな」

京子は、軽い媚びを含んだ眼で、男を見た。

「生命保険て、事故死のときは、すぐ出るんでしょう？」

夜の罠（わな）

1

報告書ができあがると、岡部は、それを封筒に入れて、約束の場所へ向った。喫茶店「フラミンゴ」に着いた時には、相手は、もう来ていた。岡部が、席に着くなり、相手は、老人の性急さで、「どうだったね？」と訊いた。岡部は、ウエイトレスの置いていった水を一口飲んでから、「奥さんのことは、心配ありませんよ」と、微笑して見せた。

「詳しくは、報告書に書いておきましたが、奥さんには、貴方以外の男はいませんね。五日間の尾行の結果、断言してもいいと思います」

これで、この木村徳太郎という老人も安心するだろう。そう思って、岡部は報告したのだが、老人の顔は、一向に晴れやかなものにならなかった。

「信じられん」

と、木村は、低い声でいう。

「君はまさか、私を安心させようとして、嘘をついているんじゃあるまいね？」

「とんでもない」

岡部は、思わず強い語調になった。

「奥さんに男がいれば、その通り報告します。調査員としては、辛い役目ですが、それが私の仕事ですから。しかし、奥さんには、貴方以外に男はいない。だから私は、貴方が喜んでくれるものと思って、こうして報告書を持ってきたんです。その意味で、今度の仕事は、調査員として嬉しい仕事だったといえるわけです。私は――」

岡部は、説得調になったのを恥じて、口をつぐんだ。木村は、黙って、報告書の頁を繰っていたが、顔を上げた時、その眼には、まだ不安なものが残っていた。

「京子は美しい」

木村は、ぼそぼそといった。

「それに、若い。私より、三十近くも若いのだ。三十歳もだよ」

「愛情は、年齢には関係ないでしょう」

「ひとまわりぐらいなら、そうもいえる。だが、三十だよ。それに、あれは、美しい。君は、五日間尾行していたんだから判った筈だ。あれは、美しくて、魅力のある女だ。そうだろう？」

「ええ。そうですね」

「君が認めるなら、他の若い男たちだって、あれの美しさに惹かれる筈だ」

「そうかも知れませんが、奥さんの気持が、貴方だけに向いていれば、問題ないじゃありませんか」

「私だけに向いている？　たった五日間尾行しただけで、君は、断言できるのかね？」

「五日間といったのは、貴方ですよ」

「もう五日間、調べてくれといったら、やってくれるかね？」

「それが、私の仕事ですから。しかし、同じことだと思いますがね。奥さんは、何でもありませんよ」

「金は、いくらでも出す」

木村徳太郎は、せかせかした口調で、いった。

「とにかく、あと五日間調べてくれ」

「いいでしょう」

岡部が頷くと、老人は、報告書を手に持ってテーブルを離れて行った。岡部は、老人の姿が、店を出て行くのを見ながら、小さく肩をすくめた。

2

木村京子。二十九歳。老人のいうように、確かに美しい。昔、ファッションモデルだったというだけに、スタイルもいい。木村徳太郎から、彼女の写真を見せられて、調べてくれといわれた時、岡部は、この若さと美しさなら、老人が心配するように、男がいても仕方がないと思ったくらいである。報告書を作るのが辛くなりそうな仕事だと考えながら、尾行を始めたのだが、驚いたことに、男の影は、全く現われない。最後の日には、老人の取り越し苦労と断定せざるを得なかった。

更に五日間尾行を続けても、何も出ては来ないだろう。岡部は、そう思いながら、仕事を再開したが、案の定であった。若いが貞淑な細君なのだ。木村京子は、現在の地位に満足している。それが、岡部の得た結論だった。報告書にも、その通りを書いて、先日の喫茶店で木村徳太郎に渡した。

「これ以上疑っては、奥さんが可哀相ですよ」

と、岡部は、忠告めいたことまで口にしたが、木村は、まだ疑惑の抜けぬ眼で、

「もう一度、働いて欲しい」

と、いった。岡部は一寸、うんざりした眼になった。

「仕事ですから、尾行を続けろといわれればやりますが、これ以上は、無駄だと思いますがね」

「尾行は、もういい」

と、老人はいった。

「考えたことがあるのだ。それを、君に頼みたい」

「どんなことです？」

「私は、妻が潔白だという証拠が欲しいのだ。安心したいのだ」

「十日間も調べたんですから、信じていいと思いますがね」

「それは、確かな証拠とは呼べない。相手の男が、この十日間だけ、旅に出ていたかも知れん」

「しかし、そこまで考えたら――」

「私は、ある方法を思いついたのだ。この方法で、あれが潔白だという証拠を摑むこと

ができる」

「――――」

「あれに、脅迫状を書いて貰いたい」

「脅迫状？」

「そうだ。私が書いたんでは、筆跡で、すぐ判ってしまう。だから、君に頼むのだ」

「どんなことを書けばいいのです？」

「文句は、考えてきた」

木村は、内ポケットから手帳を取り出して、岡部に示した。そこには、癖のある字で、次の言葉が書いてあった。

〈俺は、お前さんが或る男とできているのを知っている。証拠もある。ご主人に知られたくなかったら、×日の×時に、××へ二十万円持って来い〉

「時間と場所は、適当に書いて欲しい」

と、木村徳太郎はいう。

「あれに男がいれば、指定した場所にやってくるだろう」

「いないから来ませんよ」

岡部は、断言した。

「こんなことをしても無駄ですよ」

「私も、無駄であって欲しいと思っている」

「じゃあ、何故、奥さんを試すような真似をなさるんです？」

「安心したいからだ」

木村は、低い声でいった。

「私は、安心したい。だから、こんなことまでするんだ。やってくれるね？　礼は、いくらでもする」

「乗りかかった舟で仕方がありません。しかし、奥さんが来るか来ないか、それを確かめる役目は、誰がするんです？」

「それも、君にやって欲しい」

「ご自分で確かめられた方が、すっきりするんじゃありませんか？」

「そうだが、万一、あれが現われた時を考えると――」

「いいでしょう。私がやります」

「頼む。それから、報告は、正直に書いて欲しい」

「判っています」

と、岡部はいった。

岡部は、ウエイトレスに頼んで、便箋と封筒を借りると、老人の眼の前で、脅迫状を書いた。日時は、今月十日の午後二時。指定した場所は、新宿にあるデパートの屋上。

「恐らく、この手紙は、屑籠行きでしょうね」

岡部は、封をしながら、笑って見せた。

「断言してもいいですよ」

「私も、そうあって欲しいと思っているのだが――」

老人は、相変らず、不安気な顔付を見せていった。

3

その日、岡部は、一時半にデパートの屋上に着いた。北風が冷たいが、土曜日のせいか、箱庭のような遊び場には、子供が群がっている。岡部は、隅のベンチに腰を下して、煙草をくわえた。自然に、苦笑が浮かんだのは、妙なことを引き受けたものだと、ここに来る間も考え続けていたからである。

（恐らく、無駄に終るだろう）

と思う。あの老人のためにも、岡部自身のためにも、木村京子が、脅迫状を無視して欲しいと思う。もし、彼女がここに現われたら、岡部の十日間の調査が不備だったと証明されることにもなるからである。調査には自信があるが、試されているような気持は、やはり嫌なものだった。

二時になると、チャイムが鳴った。岡部は、屋上への出口に眼を向けた。が、木村京子の姿はなかった。三分、五分と過ぎたが、同じであった。岡部は、ほっとして、新しい煙草に火をつけた。やはり思った通りだったし、これで、あの老人も安心するに違いない。念のために、二時三十分までいてみよう。岡部は、腕時計を見、あと二十分と思いながら眼を上げたが、その眼が、ふいに止ってしまった。

木村京子の姿を見たからである。

岡部は狼狽した。調査の自信が崩れるのを感じた。十日間の調査では、男の匂いさえ嗅ぐことはできなかった。だが、あの脅迫に乗って、指定した場所に姿を見せたところをみると、男がいたと考えるより仕方がない。

京子は、小鳥の籠の前で立ち止り、不安気に周囲を見回している。左手に下げているハンドバッグには、二十万の金が入っているに違いない。が、老人の依頼には、金を受け取ることまでは入っていなかった。ただ、彼女が現われたかどうかだけを報告してくれ、といわれていた。

岡部の役目は、もう終ったのだ。このまま帰って、木村徳太郎というあの老人に、細君が現われたことを報告すればいい。十日間の調査に、不備があったことを告白する恰好になるのは辛いが、仕方があるまい。

岡部は、ベンチから腰を上げた。そのまま、京子に背を向けた。が、階段の入口まで来て、足を止めてしまった。振り向いて、彼女を見た。左手に下げているハンドバッグ。あの中には、二十万の金が入っているのだと思う。このまま帰って報告しても、調査に対する信用が落ちるだけだし、老人からは、規定料金の一万円しか貰えない。その二十倍の金が、そこにあるのだ。しかも、声をかけるだけで、手に入る金が。

岡部は、ゆっくりと、足を戻した。彼が近づくと、京子の眼が、彼に向けられた。その顔が、幾分蒼(あお)ざめて見える。その顔を、改めて美しいと思った。

「木村京子さんですね？」

岡部は、相手の顔を見て、声をかけた。京子は「ええ」と、小さな声で頷いた。

「貴方が、手紙の？」

「そうです。約束のものは持って来ましたか？」

「ええ」

「頂きましょうか」

「――――」

木村京子は、黙ってハンドバッグから紙袋を取り出した。岡部は受け取って、中を調べた。一万円札が詰っている。岡部は、急いで内ポケットに突っ込んだ。

「確かに」

と、岡部はいった。

4

その日の夜、木村徳太郎に会った時、岡部は、「奥さんは、来ませんでしたよ」と、嘘をついた。老人が気の毒で、嘘をついたわけではない。金があるだけで、若い細君の浮気の心配をするしか能のなさそうなこの老人には、最初から、同情の気持はなかった。嘘をついたのは、別の理由からである。まず、二十万円のことがあった。本当のことを喋れば、金を返さなければならなくなる恐れがある。それに、彼女の秘密を自分だけのものにしておけば、あと二、三回は、金が手に入るだろう。木村京子自身にも、興味がある。おかしなものだと思う。十日間の尾行調査の間、彼女を美人だと思っても、それ以上の感情は湧かなかった。それが、今日、指定した場所にやって来た彼女を見た瞬間、ある感情に襲われたのだ。嫉妬と呼んでもいい。老人の他に、男がいると思った時、その、まだ見たこともない男に、嫉妬を感じたのだ。その感情は、まだ、消えずにいる。

老人は、すぐには、岡部の言葉を信用しなかった。

「本当に、あれは来なかったのかね？」

と、疑わしげに、岡部を見た。

「まさか、私を安心させようとして、嘘をついているんじゃあるまいね？」

「よして下さい」

岡部は、わざと声を大きくした。

「今になって疑うくらいなら、私がいったように、最初から貴方が、指定した場所へ行けばよかったんだ。違いますか？」

「何も、私は、そんなことは――」

老人は、急に、弱々しい表情になった。岡部は、押しかぶせるように、

「それなら、私の報告を信用して下さい。それに、これからは、奥さんを信用なさることですね」

六十歳の老人に向って、説教めいたことを喋りながら、デパートの屋上で会った木村京子の姿を思い出していた。何を着ていたか、はっきりと思い出せないのに、胸のふくらみだけが、やたらに眼に浮ぶ。あの女は、夫にかくれて、他に男を作っている。秘密を持った女だ。そう考えると、木村京子という女が、妙に気を惹かれる存在に感じられてくる。彼女の秘密を、ほじくり出してやりたくなる。一体、どんな男が、あの女を自由にしているのか。

木村徳太郎は、納得したのか、料金を払って帰って行った。

岡部は、三日後に、木村京子に電話をかけた。最初に出た女中に、「奥さんを」というと、暫く待たされてから、「もしもし」という固い声が聞こえた。

「この間、デパートの屋上で会った者です」

岡部も、声を落していった。すぐには反応がなかった。

「覚えている筈ですが？」

と、岡部が続けると、「ええ」と小さな声が戻ってきた。

「何のご用です？」

意外に落ち着いた声だった。怯えの響きは感じられなかった。岡部のことを、金で何とかなる相手と、甘く見たのだろうか。

「もう一度、会いたい」

と、岡部はいった。

「いやとはいえない筈ですがね」

「また、お金が欲しいの？」

「いや、まだ、あの金は残っている」

「じゃあ、何を？」

「それは、会えば判ることです。明日の午後二時、日比谷公園で。その時間なら、ご主人は会社の筈だ」

「――――」

「来なければ、貴女とあの男のことも、ご主人に話しますよ」

それだけいって、岡部は受話器を置いた。

彼女が、無性に欲しくなった。

5

約束の日比谷公園には、デパートの時とは違って、少し遅れて着くようにした。前の脅迫は芝居だったが、今度は、本物だからである。万一、木村京子が警察を呼んだらと、それを用心してのことだった。金も女も欲しいが、恐喝で捕まるのは真平だ。

京子は先に来ていた。暫く、木のかげから様子を窺ったが、連れがいる気配はない。

岡部は、安心して近づいた。

「やはり来ましたね」

岡部が、笑いながらいうと、京子は、皮肉な口調で、

「呼びつけたのは、貴方じゃないの」

と、いった。電話の時にも感じたのだが、この時も、彼女の顔色から不安や怯えの色は読み取れなかった。

「歩きながら、話しましょう」

岡部が歩き出すと、京子も黙って並んだ。甘い香水の匂いが、岡部の心を擽る。この女を抱きたいという気持が、また強くなった。

「何が欲しいの？」

京子が、横顔を見せたまま訊く。岡部は、わざと間を置いてから、

「金も欲しいが、それより、貴女が欲しい」

「私が？」

「今更、あの爺さんに義理立てする必要もないと思うがね。もう、ご主人は、欺しているんだから」

「――――」

返事がない。岡部が立ち止って、女の顔を覗き込むと、彼女は、微笑しているのだった。

「可笑しいのか？」

「貴方のいい方が、いつか見た映画の中のセリフと同じだったから、つい――」

京子は、そんないい方をした。何か、揶揄われているような気持になって、岡部は、きつい表情になった。

「貴女は、僕に秘密を握られていることを、忘れない方がいいね」

と、いった。

「私が、ご主人に話せば、貴女は、元の二流のファッションモデルに戻らなければならなくなるってことをね」

「そうだったわね」

京子は、あっさり頷いた。

「私の運命は、貴方に握られてるってわけね」

「ご主人は、莫大な財産を持っている。いつかは、それが、貴女のものになるんだ。私を怒らせると、それがふいになる」

「そうね」

「物判りはいい方らしいね」

「運命には、逆わないことにしているだけよ」

「これで、話は決ったわけだな。何処がいいね？　貴女のお好きな所へ連れて行くよ。僕のアパートでもいいし、ホテルでもいい」

「せっかちな方ね」

京子は、声に出してくすくす笑った。脅迫されている被害者の感じは、何処にもなかった。岡部との会話を楽しんでいるように見える。この女は、貞淑どころか、もともと男好きなのかも知れない。

「ホテルより貴方のアパートがいいわ」

と、京子がいった。

「ホテルなんかで、人に顔を見られたくないから」

「あの男とも、彼のアパートで楽しんでいるのかね？」

「ご想像に委せるわ」

京子は、妙に蓮っぱないい方をした。

岡部はタクシーを拾って、四谷のアパートに急がせた。勤め人の多いアパートだけに昼間はひっそりとしている。岡部は、非常口から京子を部屋に入れた。ドアに鍵をかけてから、いきなり抱きしめると、何の抵抗もなく、彼女の方から、唇を押しつけてくる。かえって、岡部が戸惑ったほどだった。唇の中で舌と舌がもつれ合い、岡部は、酔ったように、彼女の身体をベッドに押し倒した。

6

「また会いたいね」

岡部は、帰り仕度をしている京子に、ベッドの上から声をかけた。京子は、岡部を見た。その物憂げな眼に、陶酔の香りが、残っているようだった。

「いいわ」

「何時がいい？」

「今度は、昼間でなくて、夜会いたいわ。人目につかない所で。明るいと、落ち着かないのよ」

「僕だって、夜の方がいい」

「じゃあ、電話して頂戴」

「オーケイ」

「その電話だけど」

京子は、思いついたようにいった。

「女中が出たら、上手くごまかして欲しいの」

「ごまかすって、どう？」

「あの女中は、主人に、私の監視を頼まれてるのよ。いつでも傍でじっと聞いているし、私に掛って来た電話は、残らず主人に報告しているわ」

「じゃあ、どうすればいい？」

「女中が出たら、主人に用のように、いって貰えばいいの。主人に、何処そこで会いたいって。そうすれば、私が、そこへ行くわ」

「判った」

岡部は頷いた。

三日後に、岡部は電話を掛けた。女中が出た。「木村徳太郎さんに」というと、まだ、会社から戻っていませんという。わざと、その時間を狙って掛けたのだから、当然の返事だった。

「それなら、奥さんを」

と、岡部はいった。

暫く待たされて、京子が出た。

「ご主人に伝えて下さい」

と、岡部は約束通りのいい方をした。

「今夜九時に、井の頭公園でお待ちしていると」

「判りました。主人に伝えます」

調子を合せるように、京子の方も慇懃にいった。

夜になると、岡部は、最近買った車を井の頭へ飛ばした。走らせながら、自然に口笛が出た。どうやら、あの女も俺に惚れたらしいと思う。これで、問題の男のことも忘れるだろう。いや、忘れさせて見せる。美人だし、何千万という財産の相続人だ。あの老人が死んだら、女と結婚するのも悪くない。

冬に入ったせいか、夜の井の頭公園には、人影は殆どなかった。

京子の姿は、まだ見えなかった。岡部は、ベンチに腰を下し、コートの襟を立てて、彼女を待った。

京子は、なかなか現われない。煙草が、二本、三本と灰になっていくうちに、岡部は、次第にいらいらして来た。腕時計を見ると、約束の九時を、既に三十分も過ぎている。探偵の仕事では、待つのは慣れていても、女を待つことには、焦躁を覚えた。

一時間待った。が、京子は現われない。身体が冷えてしまった。車に戻って、更に、三十分ばかり待ってみたが、無駄であった。

岡部は、車を電話ボックスのあるところまで走らせて、京子に電話を掛けた。電話口に出た女中は、奥様はもうおやすみになりました、という。

「急用だといって、起こしてくれ」

と、岡部は電話口で怒鳴った。ひどく長く待たされてから、やっと、京子の「もしもし」という声が聞こえた。

「何故、来なかったんだ？」

と、岡部が荒い声で訊くと、京子は、妙に落ち着き払った声で、

「何のことでございましょうか？」

と、訊き返して来た。その馬鹿丁寧な口調に、余計に腹が立った。

「今夜九時に、井の頭公園で会う約束を忘れたのか？」

「ああ。そのことでしたら、主人に伝えておきましたけれど」

「何をいってるんだ？」

「ですから、主人に伝えましたと、申し上げているんですけれど」

「例のことを、ご主人に、バラしてもいいのか？」

「何のことか判りませんけれど、お気のすむようになさって下さい」

「なに？」

「遅いので失礼させて頂きます」

それだけいって、京子は電話を切ってしまった。

岡部は、当惑した顔で、受話器を置いた。何故、京子の態度が豹変(ひょうへん)したのか、岡部には、見当がつかない。井の頭公園に来られなかったというだけのことなら、何か、まずいことがあって、外出することができなかったのだろうとも考えられる。しかし、電話口での奇妙な態度や言葉は、一体、どう考えたらいいのだろうか。

7

翌朝遅く、探偵社へ出かけようとしていると、二人の刑事が来て、岡部の鼻先に、逮捕状を突きつけた。

「君を、殺人容疑で逮捕する」

と、背の高い刑事がいった。「殺人？」と岡部は、思わず笑ってしまったが、相手の真剣な顔に、その笑いは、凍りついてしまった。

「一体、僕が誰を殺したというんですか？」

「木村徳太郎だ。神妙にするんだな」

「馬鹿な」

「とにかく、来て貰おう」

二人の刑事が、両側から岡部の腕を掴んだ。強い力だった。

岡部は、警察へ連行された。妙に薄暗い取調べ室に入れられ、刑事と向い合って坐（すわ）らされた。

「木村徳太郎を知っているね？」

と、頬骨（ほおぼね）の尖（とが）った刑事が訊く。訊問（じんもん）の口調に、岡部は腹を立てた。

「知っていますが、それがどうしたんですか？」

「昨夜、井の頭公園へ彼を呼び出して殺した。そうじゃないのかね？」

「馬鹿馬鹿しい。何故、僕が木村さんを殺さなきゃならないんですか？　第一、木村さんが殺されたことだって、刑事さんにいわれて初めて知ったくらいですからね。木村さんは、本当に殺されたんですか？」

「とぼけるんじゃない」

「とぼけてなんかいませんよ。僕が、木村さんを殺したという証拠でもあるんですか？」

「証拠はある」

刑事は、にやっと笑った。

刑事は、ガスライターを取り出して、岡部の前に置いた。

「まず、これだ」

「このライターの底には、岡部とネームが彫ってある。君のライターだろう。これが、木村徳太郎の死体の傍に落ちていたんだ」

確かに、岡部のライターだった。数多く持っているので、失くしたことに気が付かなかったが、何故、このライターが、木村徳太郎の死体のそばにあったのか。

「それに君は、昨夜、井の頭公園に行った筈だ」

刑事は、勝ち誇ったように、言葉を続けた。

「否定しても駄目だ。アパートの管理人が、君が車で、八時前に出かけたのを見ている。それに、被害者の細君の証言もある」

「京子の？」

「細君は、君が電話で、ご主人を井の頭公園に呼び出したと証言している。女中も、同じ証言をしている。それでも君は、木村徳太郎を井の頭公園に呼び出して殺したことを、否定するのかね？」

「違う」

「何が違うのかね？」

「僕はたしかに、井の頭公園に行った。しかし、それは、木村さんに会うためじゃなく、奥さんに会うためなんだ。あの電話も、奥さんの木村京子を呼び出すのに掛けたものなんです」

「ほう」

刑事は、肩をすくめて見せた。

「君は、女を呼び出すために、その旦那に来てくれというのかね？」

「それは――」

罠だ、と思った。あの女に、罠にかけられたのだ。ガスライターも、アパートに来た時、盗んで行ったに違いない。

「あの女だ」

と岡部は叫んだ。

「木村京子が、殺したんだ。僕じゃない。僕は、罠に掛けられたんだ」

「落ち着きたまえ」

刑事が、冷たい口調でいう。

「見えすいたいい逃れはしない方がいいな」

「いい逃れじゃない。木村京子が、財産を手に入れるために殺したんだ」

「話にならんね。被害者は六十歳だ。死ぬのを待てば、自然に手に入るのに、何故、わざわざ殺すのかね？」

「男のことがあるからです。あの女には、男がいたんです。それを夫に知られれば、財産は手に入らない。だから、殺したんです」

「頭が、どうかしたんじゃないのかね」

刑事は、冷笑した。

「君は、被害者から、細君の素行調査を依頼されていたのを忘れたのかね？　君は十日間調べて、男関係なし、貞淑な妻であると報告書に書いている筈だ」

「だが、男がいたんです」

岡部は、必死に、木村徳太郎に頼まれて、脅迫状を書いたことを話した。だが、刑事は笑っただけである。

「その脅迫状のことは、奥さんもいっていた。受け取ったが、身に覚えのないことだから、デパートには行かなかったとね」

「来たんです。彼女は来たんだ。そして、僕は、二十万円を受け取ったんです」

「証拠でもあるのかね？」

「証拠？」

岡部は、当惑した。証拠はない。あの二十万円も、もう使ってしまった。それに、彼女は来なかったと、木村徳太郎に報告している。

「どうしたね？」

刑事が、皮肉に訊く。岡部の顔は、焦躁と不安に蒼白く歪んだ。喋れば喋るほど、自分が不利になっていくような気がする。だが、喋る必要があった。黙ってしまえば、罪を認めたことになるのだ。

「とにかく――」

と、岡部は乾いた声でいった。

「僕には、動機がありませんよ。何故、僕があの老人を殺さなきゃならないんですか？仕事上の客にしかすぎない老人を」

「動機はあるさ」

刑事は、平然といった。

「女だ」

「女？」

「そうだ。木村京子だ。君は、彼女を調べている間に、好きになった」

「――」

「彼女が証言している」

「何をです？」

「今月の十三日に、君に、日比谷公園に呼び出されたとね。ご主人のことで、急用といわれて、日比谷公園に行ったら、君が現われた。自分は探偵員で、ご主人に頼まれて貴女のことを調べているうちに、好きになった。あんな年寄りとは別れて、自分のものになってくれといい寄られたと、証言している。君は、はねつけられて、かっとなった。老人さえ死ねば、木村京子は自分のものになると思った。彼女も財産もね」

「違うッ」

岡部は叫んだ。

「日比谷公園に呼び出したのは本当です。だが、あの女の話とは違う。京子は、僕に身体を委せたんですよ。はねつけたなんて嘘です」

「何故、木村京子は、君の要求通りにならなきゃならんのだね？」

「男のことがあるからですよ。あの女は、夫の眼を盗んで、よろしくやっていたんです。僕に、それを知られたから、口を塞ごうとして身体を委せたんです。そんな女だから、夫を殺すことだって、平気な筈です。寝ていたといっても、そっと抜け出すことはできますからね」

「君は、自分で、彼女の素行調査をしたのを忘れたのかね？　男はいないと、報告したのを」

「でも、いたんです。お願いです。警察で調べて下さい。あの女には、男がいるんです。貞淑な女なんかじゃないんです。信用できる女じゃないんです」

「――――」

刑事は、黙って肩をすくめた。が、ゆっくり立ち上ると、調べ室を出て行った。

8

そのあと二日間、訊問もなく、岡部は留置された。三日目の朝、調べ室に連れて行かれると、同じ刑事が待っていた。

「調べたよ」

刑事は、ぼそっとした声でいった。その言葉を聞いて、岡部の暗い顔に、明りが射した。

「助かりました。これで、僕の言葉を信じて頂けますね」

「どうしてだね？」

刑事は、冷たい口調でいう。岡部の顔が、また蒼ざめた。

「どうしてって、男がいたのが判れば――」

「君には残念だろうが、木村京子には男はいない。貞淑な細君だ」

「そんな馬鹿な――」

「諦めるんだな。男なら、往生際をよくするものだ」

絶望が、岡部の心を包んだ。最初から罠にはまっていたのだ。凡てが判りかけてきた。木村京子は、最初から、あの脅迫状がインチキだと知っていたのだ。疑い深い夫の悪戯だということも、岡部が、夫に頼まれていることにも気付いていたのだ。だから、男がいないのに、さもいるような顔でのってきた。欺されていたのは、女の方ではなく自分の方だったのだ。そして、二十万円を受け取るような馬鹿な真似をしてしまった。あれは、利用されるきっかけを作ってやったようなものではなかったか。

もう逃げ道はない。逃げ道を全部自分で塞いでしまったのだから。自然に、岡部は自嘲する顔になっていた。

夜の牙（きば）

1

新任刑事として、三井刑事が西口署へ回されて来た時、捜査一課長の佐々木警部は、一つの危惧を持った。

刑事になるためには、警察学校で約一年の一般教養を身につけたあと、各派出所で二、三年勤務したあと、自ら刑事部門への希望をいい、署長の推薦があって、はじめて刑事になることが出来る。

だから、三井の成績も優秀だった。

佐々木の危惧は、別のところにあった。それを、相手にどう説明していいか迷った。

「まあ、坐りたまえ」

と、二十六歳の若い刑事に、椅子をすすめた。

現代の若者らしく、長い脚を持て余すように腰を下した三井刑事は、緊張した顔で、これから上司になる佐々木を見つめた。

「君は、学校の成績も優秀だし、推薦状にも、立派な青年だと書いてある」

「ありがとうございます」

「ただ一つだけ、君について心配なことがある」

「何でしょうか？」

「君は、なぜ、この西口署に回されたか知っているかね？」

「ここのベテラン刑事が、銀行強盗事件の際、殉職され、欠員が一人出来たので、私が回されたと聞いて来ましたが」

「その通りだ。今井というベテラン刑事が、二週間前に、殉職した。この近くの銀行にピストル強盗が入ったのを逮捕しに行って、相手に射たれて死んだんだ。なぜ、死んだかわかるかね？」

「いえ」

「犯人は、二十一歳の若い男で、今井刑事の亡くなった一人息子に顔立ちが似ていたんだ。今井刑事ほどのベテランも、拳銃を構えたとき、感傷のとりこになってしまった。一瞬、引金をひくのをためらった。それで、相手に射たれてしまったんだよ」

「それと、私と、どんな関係があるんでしょうか？」

「君の推薦状によると、派出所勤務時代、近所の主婦や子供たちから、優しい警官として人気があったと書いてある」

「私は、公僕としての心得を実行してきた積りですが」

「それはわかっている。だがね。ここは、派出所じゃないんだ。捜査一課だ。君が、これから相手にするのは、おばさん連中や子供たちではなくて、殺人犯人なんだ」

「それは、わかっています」

「頭でわかっているだけじゃ駄目だ。ここでは、優しさが、命取りになる。相手が拳銃を持っていたら、君が先に射たなければ、君が死ぬんだ。もちろん、無闇に発砲するのはいかん。しかし、相手が射とうとしたら射て。君に、それが出来るかね？」

「出来ると思います」

「君は、罪を憎んで人を憎まずという言葉をどう思うね」

「いい言葉だと思いますが——？」

「それじゃあ駄目だ。あんなタワ言は、忘れるんだ。われわれ刑事は、犯人を憎まなきゃいかん。人殺しを憎む。そして逮捕する。そこに、甘い感傷の入り込む余地はないんだ」

佐々木は、厳しい眼で、若い三井刑事を見つめてから、

「おい。ヤスさん」

と、ベテランの安田刑事を呼んだ。

「今日から、この三井刑事と組んでくれ。君に何をして貰いたいか、わかっているな？」

「わかっています」と、安田刑事は、ニヤッと笑って見せた。

「この坊やを、若死にさせないようにすればいいんでしょう」

2

自分に与えられた机に腰を下すと、三井は、不満そうに、安田刑事を見て、

「課長がいわれたことですが——」

「人を憎んで罪を憎まずということかい？」

安田刑事は、ニヤニヤ笑いながら、自分がコンビを組むことになった若者を見た。世の中の正義を、自分一人で背負って立っているような顔をしている。きっと、生真面目で、今どきの青年には珍しい優しさを持っているのだろう。だが、刑事という商売は、人のいい若者は、早死にしがちだ。

「僕は、あの言葉は正しいと信じています」

と、三井は、頑固にいった。

「どんな犯人にだって、犯罪を犯す動機があるはずです。その動機を無視するというのは、人間的じゃないという気がします」

「人間的ねえ」

「刑事だって人間でしょう？　それがおかしいですか？」

「そうむきになりなさんな。確かに、刑事だって、犯人だって人間だ。だがね。この窓から外を見てみろ」

安田は、背後の窓ガラスを乱暴に開け放った。とたんに、盛り場の喧騒が、部屋に飛び込んできた。すでに夕闇が立ちこめ、ネオンが、匂うような鮮やかな色彩を見せていた。

「この管内じゃ、二日に一回の割りで、殺人か強盗事件が起きている。全部とはいわないが大半の動機は金だ。金のために人を殺すんだ。大金をつかんで、遊びたいために、平気で殺すのさ。そんな犯人を前に、お前さんは、罪を憎んで人を憎まずなんて、悠長なことをいってたら、課長のいう通り、間違いなく若死にするね。中には、人を殺すのを楽しみにしてる奴だっている。そんな奴を前にしたときには、遠慮なく、向うより先に射つんだ。迷っていたら、こっちが殺されるからな」

「あなたのいわれることが、わからないわけじゃありませんが、しかし――」

「おれも頑固だが、お前さんも頑固だな。だが、その中に、自分の考えの甘さが、骨身にしみてわかってくるさ。ただし、死んでわかったんじゃあ、どうしようもないから、それまでは、おれが、親鳥がヒナ鳥をかばうように守ってやる。だから、事件になったら、おれから離れるんじゃないぞ」

「僕は、自分のことぐらい自分で守れますよ」

と、三井刑事がいった時、けたたましく、課長の机の上の電話が鳴った。

受話器をつかんだ佐々木の顔が緊張する。受け応えしながら、部屋を見廻した。今、出動できる人間は、安田刑事以外には、新米の三井刑事しかいなかった。

「ヤスさん。殺人事件だ」

と、佐々木は、電話を切ってから、安田刑事にいった。

「場所は、温泉マークの『みよし』だ。すぐ行ってくれ。若い女が殺されたらしい」

「わかりました」

安田刑事は、肯いてから、

「行こうぜ。坊や」

と、三井刑事をうながした。

二人は、部屋を飛び出した。

「坊やというのは、やめてくれませんか」

と、階段を駈(か)けおりながら、三井が、口をとがらせた。

「おれは、四十八だぜ」と、安田も、駈けおりながら、いい返した。

「そのおれから見れば、お前さんは、まだ坊やだよ」

午後七時を過ぎ、空は完全に暗くなり、ネオンは、一層、生き生きと輝いてきていた。

西口署の近くには、二つの大手のデパートを含む商店街があり、そこを入ったところが興行街、そして、そこを抜けると、ラブホテルと、トルコ風呂(ぶろ)が林立している。

「みよし」は、そのラブホテルの一軒だった。

部屋数十六だから、まあ、この辺りでは中堅クラスのラブホテルといっていいだろう。外見は、西洋の城を模倣しているのだが、小さい建物だから、まるで、努力して下品な外見にしたように見える。もっとも、ラブホテルというやつは、適当に下品な方が入りいいのだと、安田は、ラブホテルの愛用者に聞いたことがある。そんなものかも知れないなと思いながら、安田は、三井刑事を連れて中へ入った。

派出所の若い巡査が、問題の部屋の前に立っていて、安田たちを迎えた。

「みよし」の中年の女経営者が、蒼(あお)い顔で、

「うちじゃあ、こんなことは初めてですよ」

と、安田にいった。

「だが、儲かるからやめられないか」

安田は、部屋に入った。

安っぽい、王朝風をマネたベッドの上に、全裸の若い女が、死んで横たわっていた。

クーラーが、かすかな唸り声をあげている。

「こいつは、ひでえな」

と、安田は、舌打ちをした。

若く、美しい顔だちの女だった。そのほっそりした頸には、浴衣の細帯が巻きついている。

だが、安田の眉をひそめさせたのは、女の身体に加えられた加虐の痕だった。

両方の乳房が、乳首の上のところを切り裂かれ、ざくろのように口を開けていた。血はもうかたまっていたが、それまで、多量に流れたのだろう。白いシーツが、血を吸い込んで真赤に染まっている。血の流れた痕が、白い肌に、赤黒い帯をつくっていた。

そして、毛の薄い陰部には、なぜか、コーラの空瓶が、三分の一近くまで突っ込んであった。この部屋には、冷蔵庫があり、飲物が入っているから、そこにあったコーラのびんだろう。

安田は、眼を上げた。天井が鏡になっていて、その大きな鏡が、無残な女の死体を映し出している。

「ひどいですね」

と、三井もいったが、若いだけに、陰部にコーラのびんを挿し込んだ女の全裸死体は、強い刺戟だったらしく、声が、上ずっていた。

鑑識がやって来て、写真を撮りはじめた。

安田は、女経営者の橋本春子を、部屋の隅に引っ張って行った。

「坊や、メモを頼むぜ」

と、三井刑事にいってから、春子に向って、

「被害者は、知り合いかい？」

「名前は知りませんけど、石川マッサージの人ですよ」

春子は、両手をこすり合せながら、小さい声でいった。

「じゃあ、パンマか？」

「ええ。まあ。でも、あたしは関係ありませんよ。売春あっせんなんかで捕まるのは真っ平ですからねえ」

「でも、客に頼まれて呼んだんだろう？　え？」

「マッサージを呼んでくれといわれたから、石川マッサージに電話しただけですよ」

「まあいいさ。おれは係が違うからな。ところで、あの女を呼んだ男は、どんな奴なんだ？」

「初めて見るお客さんでしたよ。年齢は三十五、六ってとこでしょうかね。サングラスをかけて、薄いブルーの背広を着てました。それに白い開襟シャツの襟を、背広の上に出して。ちょっとみたところ、サラリーマンという感じでしたよ」

「背の高さは？」

「旦那さんぐらいでしたよ。ただし、やせてましたけどね」

「身長一六五センチぐらい。痩型と書いといてくれ」

と、安田は、三井刑事にいってから、春子に、

「他に特徴はないのかい？　頭が禿げてるとか、顔に傷があったとか」

「頭は、きちんと七三に分けてましたよ」

「鞄か何か持ってたかい？」

「何も持ってなかったと思うんですけどねえ」

「よし。確認するぞ。年齢三十五、六。身長一六五センチくらいの痩型の男で、白い開襟シャツにライトブルーの背広で一見サラリーマン風。サングラスをかけ、頭髪は七三。手には鞄は持っていなかった。それで、何時頃やって来たんだ？」

「五時十五、六分頃でしたよ。部屋に通ってすぐ、女を呼べるかって聞くから、石川マッサージへ電話したんです」

「女が来たのは？」

「二十分ぐらいしてからですかねえ」

「石川マッサージは、このすぐ裏だろう？」

「ええ」

「いつも、そんなに時間がかかるのかい？」

「この頃、忙しいらしいんですよ。なんでも、マッサージの女の子は、いちいち本部へ帰らずに、出先から電話して、次の場所へ直行だっていうから」

「商売繁盛で結構だ。女が来たのは、五時四十分頃だな」

「ええ」

「そのあとは？」

「六時半頃でしたかね。男のお客さんだけ先に帰ったんですよ。マッサージの人はってきいたら、今、帰り仕度をしてるっていうんで、別に疑いもしなかったんですよ。料金も、ちゃんと貰ってましたしね。でも、なかなか、女の子が出て来ないんで、心配になって上ってみたら、これなんですよ」

「男の話し方は、どうだったね？　何か特徴はなかったかい？　訛(なま)りがあるとか、甲高(かんだか)いとか」

「普通の声で、訛りはなかったみたいですよ。早く捕えて下さいよ。こんなひどいことをする男は」

「捕えたら、汚されたシーツの洗濯代を払わせるのかい？」

と、安田は、春子をからかってから、

「おい。行こうか」

と、三井刑事にいった。

「行くって、どこへです?」

「決ってる。石川マッサージだ」

3

石川マッサージは、ラーメン屋の二階にあった。

外に設けられたむき出しの階段をあがって行くと、そこが、十坪くらいの事務所になっていた。仕事を終って帰ってきたところらしい二十五、六の女が一人、ソファに腰を下して、疲れた顔で芸能週刊誌のページをくっていた。まだ、事件のことは知らないらしい。

「支配人は?」

と、安田がきくと、女は、面倒くさそうに、週刊誌に眼をやったまま、

「マネージャー。お客さあーん」

と、大きな声を出した。

ドアが開いて、四十歳くらいの男が出て来た。きちんと背広を着て、蝶(ちょう)ネクタイをしているのだが、やっぱり、何となく、安キャバレーの支配人という感じのする男だった。

顔だって、なかなかハンサムなのだが、その男の持っている体臭とでもいうのだろう。

安田は、黙って警察手帳を、相手の鼻先に突きつけた。

とたんに、男の口元に、卑屈なお追従笑い(ついしょうわら)が浮んだ。卑屈だが、一筋縄ではいかない笑い方でもある。

「女の子には、いつも、よくいってあるんですが――」

「気を廻しなさんな。殺人事件(ころし)の捜査で来たんだ。『みよし』に行った女の名前はわかるかい？」

「それなら、確か、ユカリという女の子を行かせましたが」

「その子が殺されたよ」

「本当ですか？」

「嘘(うそ)いったってしょうがないだろう。その女の履歴書はあるだろうね？　ないと、労基法違反で引っ張られるぜ」

「もちろん、うちでは、女の子を採用するときには、きちんと身元を調べて、履歴書を提出させますよ」

「そいつは有難いね」

支配人は、奥から、履歴書を一枚持って来た。文具店に売っているやつに、小さな字で、きちょうめんに、住所や名前、それに職歴などが書き込んである。

「本名林田加代子、二十三歳か。ここへ来る前は、一流銀行のＯＬとはね」

「身元はしっかりしてるでしょう？」

「ああ、しっかりしてるよ。こいつは、明日から大変なことになるぜ」

「何がですか？」

「週刊誌やテレビが、ここへ、どっと押しかけて来るってことさ。一流銀行のＯＬがパンマになって、その上、真っ裸で殺されたとなりゃあ、恰好のニュースだからな」

「マッサージだって、立派な職業ですよ。私は、いつも、女の子たちに、自分の仕事に誇りを持てといっているんです」

「そいつはご苦労さん。ところで、林田加代子は、今日、何人目の客を『みよし』でとってたんだ？」

「三人目です」

「ここへ戻らずに、出先から電話で聞いて、次のラブホテルへ廻ってるんだそうだね？」

「ええ。ここんところ忙しいもんですから」

「今、いくらなんだい？」

「何がですか？」

「とぼけなさんなよ。客が、ここの可愛い女の子と遊ぶ代金さ」

「うちは、あくまでも健全なマッサージが――」

「おい。支配人さんよ」と、安田刑事は、調子を変えて、じろりと相手を睨んだ。

「こいつは、殺人事件なんだぜ。売春なんてチャチな事件じゃないんだ。そこがわかってないみたいだな」

「わかりましたよ」と、支配人は、蒼い顔で、蝶ネクタイを何となく直した。

「一回二万円です。しかし、これは、あくまでも、女の子たちが勝手にやっていることで」

「こっちの質問にだけ答えりゃいいんだ。すると、彼女は、『みよし』にいった時、少なくとも四万円は持っていたことになる」

「そのお金は？」

「ハンドバッグに入ってたのは、化粧道具とコンドームのケースだけだったよ。犯人は、女を殺したうえ、金を奪って逃げたんだ。この履歴書は、借りて行くよ」

安田は、メモを取っていた三井刑事を促して、事務所を出た。週刊誌を読んでいた女は、ポカンと口を開けて、二人の刑事を見送っている。

「なぜ、一流銀行のＯＬが、パンマになんかなったんでしょうか？」

西口署に向って歩きながら、若い三井刑事は、腹立たしげにいった。

「多分、他人(ひと)の金を数えているのが馬鹿(ばか)らしくなったんだろう。そんな時、男は、手っ取り早く銀行強盗に変身し、女は、水商売に入るってわけだ」

二人が署に戻ると、鑑識も帰って来ていた。

佐々木警部が、安田に向って、

「残念ながら、犯人の指紋は検出できなかったそうだよ」

と、いった。

「きれいに拭き取ってあったそうだ。コーラのびんからもだ」

「そうですか。かなり落ち着いた男のようですね」

「彼はどうだい？」

と、佐々木は、自分の机で、メモしてきたものを整理している三井刑事の方に、あごをしゃくって見せた。

「まだわかりません。犯人と向い合った時、どう行動するかが問題ですから」

と、安田は、慎重にいった。

林田加代子の死体は、解剖に廻された。その結果わかったことは、死因は、窒息死ということだった。浴衣の紐で頸を絞められたとき、すでに、彼女は死んでいたのだ。犯人は殺したあと、両乳房を、鋭利な刃物で切り裂き、陰部にコーラの空瓶を突っ込んだことになる。なぜ、そんな残忍なことをしたのだろうか。

安田刑事が予想した通り、この事件は、二つの意味で、マスコミが飛びついた。

一つは、死体に加えられた凌辱が、猟奇的だったためであり、もう一つは、殺された女の前身が、一流銀行のＯＬだったためだった。

おかげで、佐々木は、半ば強引にテレビに出演させられ、大学の心理学教授や、評論家と一緒に、この事件の説明をやらされたりもした。

マスコミの関心は、もっぱら、被害者の方に向けられていた。こんな事件の場合は、仕方がないことだが、佐々木たち警察としては、あまり有難いことではない。犯人に対する関心が薄くなり、聞き込みが難しくなるからである。

その危惧は、当っていた。

安田刑事と三井刑事が、橋本春子の証言をもとにして作りあげたモンタージュ写真を持って、盛り場や、ラブホテル街を聞き込みに廻っても、何の収穫も得られなかった。モンタージュそのものが、かなり不正確な感じのものだったせいもあるが、人々の関心が、犯人より事件そのものの猟奇性や、被害者の方に集中してしまっているせいもあったことは確かだった。

容疑者が見つからないままに、五日、六日と過ぎていった。

その間、安田刑事は、三井刑事に向って、

「犯人（ホシ）は、必ず、もう一度やるぞ」

と、いい続けた。断定的な、自信のあるいい方だった。

「なぜわかるんですか？」

若い三井は、不思議そうに、先輩の顔を見た。

「第一は、おれの勘さ。第二は、こういう妙な事件に、前にもぶつかったことがあるからさ。犯人の目的を考えてみろ。金か？　いや違うね。金を奪うために殺したのなら、あんなことはしないはずだ。浴衣の紐で絞殺して逃げ出しているはずだ」

「個人的な怨恨（えんこん）ということは考えられませんか？」

「駄目だね。男は、誰（だれ）でもいいから呼んでくれといってるんだ。林田加代子が、あの時、あのラブホテルに行ったのは、偶然に過ぎないからね」

「男が、昔、彼女の働いていた銀行の上司だったという考えはどうでしょうか？」

「自分の助平なところを知られたんで殺したというのかい？　それとも、昔、何かあった間柄だから殺したというのかい？」

「駄目ですか？」

「駄目だねえ」と、安田は笑った。

「犯人は、ナイフで、乳房を切り裂いているんだぜ。一流銀行の管理職が、なぜ、そんなナイフを持ち歩いているんだい？」

「そうすると、犯人は最初から、誰かを殺す積りで、ナイフを持ち歩いていたというわけですか？」

「誰かをじゃなく、女をだよ。おれの推理だが、奴は、ゆっくり女を殺せる場所として、ラブホテルの個室を選んだのさ。そして、パンマを呼ぶ。殺されるのも知らずに、相手は裸になる。そこを絞殺してから切り裂いたんだ。殺すために殺したのさ。殺すことにエクスタシイを感じるんだ。奴は、女の頸を絞めた時、乳房をナイフで切り裂いた時、陰部にコーラのびんを突っ込んだ時、パンツを濡らしたに違いねえんだ。こういう奴にとって一度女を殺したら、それが病みつきになるのさ。じっと自分を抑えていても、自分を抑え切れなくなってくる。ヤクと同じなんだ。だから、また、必ずやる」

「どこでですか？」

「そいつは、犯人の職業によるだろう。自由な商売の人間なら、大阪でも、北海道でもやるだろう。だが、動きにくい勤め人だとしたら、また、この近くで殺るかも知れん」

安田刑事の予想は適中した。

丁度十日目の夜、犯人は、大胆不敵にも、「みよし」からそう離れていない、同じラブホテル「西口クイーン」の一室で、三十歳のパンマを殺したのである。

4

現場である「アラビアの間」は、第一の事件の時と同じように、凄惨を極めていた。

色白で、やや太り気味の女だった。真っ裸で、頸を浴衣の紐で絞められ、豊かな両の乳房は、鋭利なナイフで切り裂かれていた。そのうえ、第一の殺人と同じように、毛の薄い陰部には、空のコーラのびんが突っ込んであった。

胸のあたりを血に染めた死体。その他、多分、犯人が頸を絞めた時、被害者が大声で悲鳴をあげ、それを黙らせようとしたのだろう。女の口には、タオルの端が押し込んであった。

女のハンドバッグから、金がなくなっているのも、第一の事件と同じだった。

フロントに、「パンマを呼んでくれ」といった客の人相は、年齢三十五、六歳。一見サラリーマン風のサングラスの男だったと、目撃者は証言した。明らかに同一人物なのだ。

殺された女は、本名西井すみ子。一度結婚したが、一年前に離婚し、二歳になる子供が一人いた。西口署管内には、石川マッサージの他に、もう一つ、N・K・M協会という会社があって、西井すみ子は、そこの女だった。N・K・Mというのは、ニホン・ケンコー・マッサージの略らしい。協会などといっているが、もちろん、小さな事務所しか持っていない。

今度も、犯人は、指紋を残さなかったが、名刺を一枚落していった。

太陽工業営業部第一課長　長谷川　明

太陽工業といえば、鉄鋼関係の会社としては五指に入る会社である。もちろん、一部上場会社だ。

「こいつが犯人かな」

安田刑事は、会社のマークの入った名刺を、指先でつまみあげ、部屋の明りにすかすようにしながら呟(つぶや)いた。

名刺は、ベッドから二メートルほど離れた床の上に落ちていた。犯人が、上衣を脱いだり着たりした時、ポケットから落ちたと考えるのが、常識だろう。

「こんな非常識な殺しをやるにしては、名刺の主は、エリート過ぎませんか」

と、三井刑事が、首をかしげた。

「エリートだから、心優しい人々ばかりとは限らないぜ」

と、安田はいった。

もちろん、名刺が落ちていたからといって、すぐ、名刺の主が犯人とは断定できないことぐらい、安田にだってよくわかっている。むしろ、この名刺を貰った人間と考えるのが常識というものだろう。名刺は、自分が持っているものではなく、他人に渡すのが本来の用途なのだから。

だが、この名刺が、犯人についての唯一の手掛りといってもよかった。

夜が明け、午前九時を過ぎて、街が活動を始める時間になってから、安田は、三井刑事を連れて、西口署管内にある太陽工業本社へ出かけて行った。

すでに、もう、真夏の太陽が、ぎらぎらと照りつけはじめていた。暑さの苦手な安田は、太陽工業本社のある超高層ビルに向って、照り返しのきついコンクリートの歩道を歩きながら、「くそ暑いな」と、文句をいっていた。それは、二人もの女を惨殺した犯人への怒りの表現でもあった。

太陽工業本社が入っている超高層ビルのある辺りは、ビジネス街である。歩いて十二、三分しか離れていないところに、片方にコンピューター化されたビジネス街があり、もう片方には、トルコやラブホテルを中心とした歓楽街のあるところに、この街の奇妙さや面白さがある。そして、安田たち西口署の刑事たちの仕事の難しさもである。

三十八階建のビルに入ったとたんに、効き過ぎる冷房に、安田刑事の額に吹き出していた汗は、たちまち、引っ込んでしまった。

太陽工業営業部は、二十九階である。エレベーターに乗ってから、

「おれは、高所恐怖症でね」

と、安田は、三井刑事にいった。半分は本当であり、半分は嘘だった。彼は、こういう近代的な超高層ビルが、どうしても好きになれないのだ。あまりにも、冷たく、取りすましているように見えるからである。機能的なのかも知れないが、このビルよりは、まだ、あのごてごてと飾り立てたラブホテルの方が人間的でいいと、安田は思っている。

営業第一課長の部屋は独立した個室になっていた。太陽工業では、課長以上に個室が与えられるらしい。安田は、アメリカ映画で、個室が貰えたことを喜ぶサラリーマンをコミカルに描いたのがあったのを思い出しながら、ドアをノックした。

課長の長谷川明は、部下を前に立たせて、書類に眼を通しているところだった。

「ちょっとお待ち下さい」

と、安田たちを待たせておいてから、てきぱきと部下に指示を与え、書類を渡してから、

「どうも」

と、二人の刑事に、椅子をすすめた。

いかにもエリート社員という物腰だし、頭の切れそうな眼をしていた。

だが、安田は、長谷川の身長を一六五センチぐらい、痩型と素早く見てとって、外見は、犯人に一致しているなと、自分にいい聞かせた。もっとも、こんな外見の男は、い

くらでもいるだろうが。

「警察の方が、私に何のご用ですか？」

長谷川は、微笑しながら安田を見、ケントの封を切って、二人にすすめた。

安田は、自分の煙草に火をつけてから、

「昨夜おそく、ガードの向うの『西口クィーン』というラブホテルで、三十歳のパンマが殺されましてね。全裸にしておいて、浴衣の紐で絞殺しているのです。いや、絞殺してから裸にしたのかも知れません。その上、乳房を切り裂き、陰部にコーラの空瓶を挿入しているのです」

しゃべりながら、じっと、相手の顔色を見ていた。

長谷川は、冷たい表情で、「ほう」といっただけだった。

「私には関係がありませんね」

「ところが、その部屋に、あなたの名刺が落ちていたのですよ」

安田は、テーブルの上に、問題の名刺を置いた。それでも、長谷川の顔は平静だった。

手を伸ばして、つまみあげてから、

「確かに、私の名刺だ」

声にも、動揺はなかった。

「今でもお使いになっていますか？」

「使っていますが、もう、ほとんどなくなっていますよ。確か半年前に作ったんですが、ずいぶん、ばら撒きましたからね」

「渡した先は、メモしてありますか？」

「いや。私は、それほど几帳面じゃありませんのでね。ですから、その点で、ご協力は出来ませんね」

「失礼ですが、昨夜は、どうなさいました？」

「アリバイですね」と、長谷川は、微笑した。

「何時頃のアリバイですか？」

「昨夜、女が殺されたのは、午後十時から十一時の間です」

「それなら、家にいましたよ。K電鉄のS駅前にあるマンションですが」

「証人はいますか？」

「私は、子供がないので、家内と二人で住んでいますので、証人といえば、家内しかおりませんね」

「十日前の土曜日の夕方、同じように、ラブホテルでパンマが殺された事件があったのは、ご存知でしょう？」

「ええ。新聞や週刊誌が派手に書き立てましたから、私も知っていますよ」

「あの時、被害者は午後五時四十分から六時三十分までの間に殺されたと考えられています。その間、どこにおられたか、覚えていらっしゃいますか？」

「十日前の土曜日というと、七月二十四日ですね」

「そうです」

「あの日は、午後三時頃まで仕事がありましてね。それから、急いで家に帰りました。家に着いたのは、確か四時半頃でしたね」

「なぜ、急いで帰宅なさったのですか？」

「実は、七月二十四日は、私たちの結婚記念日でしてね。早く帰って来てくれといわれていましたので、ささやかなプレゼントを買って帰りました」

「どんなプレゼントですか？」

「プラチナのネックレスです。安物ですよ」

長谷川は、小さく笑った。

安田刑事が、彼と話している間にも、電話が鳴り、それに対して、長谷川は、営業課長らしい物腰で応対していた。

二人の刑事は、三十分ほどで部屋を出た。

「私の意見をいってもいいですか」

と、エレベーターに向って歩きながら、三井刑事が、遠慮がちに、安田を見た。

「ああ。いってみろよ。拝聴しようじゃないか」

「私は、安田刑事が質問している間、じっと、長谷川明の表情を注目していました」

「そいつは、ご苦労さん。それで、何かわかったかね？」

「事件の解明には、心理学が重要な働きをします」

「警察学校の教官が、そう教えたのかい？」

「そうです。相手が犯人である場合は、いかに平静を装おうとしても、心の動揺がどうしても表情や言葉の端に出てしまうものです。安田刑事の質問を一つの心理テストと考えて、私は、その反応を注目していたのです」

「それで、長谷川は、犯人だと思ったかい？」

「違いますね。あの男は、犯人じゃありません」

「なぜ？」

「安田刑事の質問に、何の動揺も見せませんでした。表情も変らなかったし、話す調子も変化しなかったからです。もし、あの男が犯人だとしたら、いくら構えていても、心の動揺が、外に現われてしまうものです。それが全くありませんでした。彼は、平静そのものでした。犯人だとは、考えられません」

「感心しないねえ。おれは、あの男を、徹底的に調べてみる積りだ」

「しかし、彼は、平静そのものでしたが――」

「だから怪しいんだよ。おれは、別に心理学にケチをつける積りはないが、公式どおりにいかない場合だってあるし、応用が利かなきゃあ、何の役にも立たないぜ。いいかい。坊や。あの男は、エリート社員だ。実力でなったのか、コネか知らないが、三十五、六で営業課長なら出世コースにのっかっているとみていいだろう」

「そうですね」

「そんなエリート社員は、誰よりも外聞を気にするものだ。スキャンダルに一番敏感なのも、彼等だよ。ところで、今度の猟奇事件だ。こんなものに、少しでも関係していると思われたら、大変なことだ。殺人現場に、自分の名刺が落ちていたなんて知らされたら、無実でも、真っ青になるのが、普通の人間じゃないかね？　そして、必死になって、自分は無関係だと弁明する。エリートであればあるほど、狼狽(ろうばい)するはずじゃないかね。心理学的にみたって、それが自然な反応じゃないかい？　ところが、あの男は、気味が悪いくらい平静だった。おれは、そこが気に入らないんだ。おれが名刺を示した時、狼狽して、一生懸命弁解したら、逆に、おれは、あの男をシロだと思ったろうよ。だが、あの平静さは異常だ。麻薬(ヤク)を射った人間が、犯罪に対して不感症になるみたいにな」

「じゃあ、あの長谷川課長が、犯人だと思われるんですか？」

「ああ、そうだ。だから、お前さんは、長谷川明のことを調べるんだ。学歴、友人の評判、その他だ。徹底的に調べるんだ。このくらいのことは、お前さん一人でもやれるだろう？」

「安田刑事は？」

「おれは、奥さんに会ってくる」

5

S駅でおり、駅前に建つマンションを見た時、安田は、「ほう」と、小さく声を出した。まるで、西洋の城のような、堂々としたマンションだったからである。4LDKから5LDKで、五、六千万円はするという。一瞬、安田は、自分の給料の数字を思い浮べた。

長谷川の部屋は、最上階の七階にあった。

どんな細君だろうかと、想像しながら、ベルを押した。

しばらく待たされた。ドアが開き、美しい女が、顔を出した。美しく、上品な感じだなというのが、安田の第一印象だった。

安田が、警察手帳を見せると、その美しい顔がゆがんだ。長谷川の反応が異常だったように、女の反応も、逆の意味で異常だった。普通の主婦なら、なぜ、刑事が訪ねて来たのか不審に思い、それを、まず質問するはずだ。それなのに、この女は、ただ怯えている。

「どうぞ」

と、小さい声で、安田を部屋に招じ入れたのは、しばらく間を置いてからだった。

豪華な居間だった。二十畳ぐらいはあるだろう。ブルーの分厚いじゅうたんが敷かれ、純白の応接セットが美しい。壁にかかっている静物画。あの絵も多分、高価なものなのだろう。

(だが、何か整い過ぎているな)

と、安田は感じた。どこか冷たい感じがしてならなかった。

「何かお飲みになりますか？」

彼女は、口元に微笑を浮べてきいた。ぎごちない笑いだった。無理をしているなと思った。

「いや、結構です。しかし、なぜ、おききにならないんです？」

安田は、まっすぐに、女を見た。

「何をですの？」

「刑事が突然訪ねてくれば、誰でも、なぜ来たのかきくものですが、貴女は、全然、おききになりませんね」

「それは――」

「警察が来ることを予期なさっていたんじゃありませんか」

「そんなことは、ありませんわ」

女は、あわてて、首を激しく横に振った。

「ええと、長谷川――？」

「長谷川季子です」

「ご主人と結婚なすったのは？」

「七年前です」

「失礼ですが、ご主人とは上手くいっていますか？」

「はい。上手くいっておりますとも」

声が、甲高くなった。

「お子さんがいらっしゃらないのは、計画的にお作りにならないのですか？」

「それは、私のせいなんです」

「というと？」

「私が子供を生めない体質なんです。主人には、すまないといつも思っているんです。主人は、子供がいなくても幸せになれるといってくれていますけれど――」

「優しいご主人ですな」

「はい。とても優しい主人です」

「ところで、昨夜ですが、ご主人は、何時頃お帰りになりました？」

「いつものように、七時には、帰っておりましたわ。それから、外出したりはしません。ずっと、私と一緒でした」

「そうですか。十日前の七月二十四日は、あなた方の結婚記念日だそうですね？」

「はい」

「この日は、何時頃、ご主人はお帰りでした？」

「土曜日でしたから、三時には帰っていました。それから、二人だけで、ささやかに、結婚記念日を祝いました」

「間違いありませんね？」

「ええ。間違いありませんとも。主人が、あんな事件の犯人のはずがありませんわ」

「まだ、私は、何の事件か、いっていませんよ」

「――――」

無言の悲鳴を、季子があげたような気が、安田はした。

6

「すると、君は、長谷川明が犯人に間違いないというんだね?」

と、佐々木警部は、安田を見た。

「間違いないと思います。そして、細君の季子は、それを知っています。少なくとも、夫があの事件の犯人ではないかと疑っていることは確かですな」

安田は、確信を持っていった。

「しかしねえ。エリート社員の長谷川が、なぜ、あんな惨忍な殺人を犯したんだ? 動機がわからんじゃないか。ここに、三井刑事が調べて来た長谷川明の経歴があるがねえ――」

と、佐々木は、メモを手に取って、

「A大の法科を優秀な成績で卒業し、すぐ、現在の太陽工業に入社している。大学時代の友人の証言によると、面白味のない男だったが、勉強はよくしていたそうだ。友人と遊ぶということは、あまりなかったらしいが、別に悪いことじゃない。会社でも、上司の信用は厚い」

「家族は、どこにいるんですか？」

「両親は、東北のS県で漁業をしている。豊かじゃないようだ。長谷川は、かなり苦労して、大学を卒業したらしい。もっとも、今は、両親に仕送りをしているそうだがね」

「貧しい両親の期待を一身に背負って、あそこまでいったというわけですか。奥さんは、どうやら、金持ちの娘らしいですな」

「上司の娘だよ。今、大阪支店長をやっている井上好一郎の一人娘だ。恋愛結婚で、二人が結婚した時は、井上は、本店の部長だったそうだ」

「すると、長谷川の前途は、洋々たるものだというわけですな」

「その通りだよ。だから、一層、長谷川が、犯人とは思われなくなるんだがね」

「だが、彼が犯人です」

「しかし、逮捕するには、証拠が必要だぞ」

「わかっています。必ず見つけ出します」

と、安田刑事は、約束した。

彼は、自分の席に戻ると、三井刑事に、

「行くぞ」

と、声をかけた。

「どこへ行くんですか？」

三井刑事は、安田の後を追いながらきいた。

「長谷川が犯人だという証拠をつかみに行くんだ」

「どうやって？」

「そんなこと、おれにだってわからんよ」

「わからずに、何をやるんですか？」

「こんな時は、初歩的な方法が一番いいんだ」

「といいますと？」

「尾行さ。長谷川を、徹底的に尾行するんだ。あいつが犯人である限り、必ず尻尾を出すはずだ」

その日から、二人の刑事による徹底的な尾行作戦が、展開された。

長谷川が会社を出るのを待っての尾行である。

最初の日も、次の日も、長谷川は、退社すると、まっすぐに、自宅へ帰った。そのあと外出する気配もなく、十二時近くになると、部屋の明りが消えた。どうみても、模範的なサラリーマンの日常だった。近所で聞いても、仲のいい夫婦だという。

「やっぱり、犯人と違うんじゃありませんか」

と、三井刑事が、首を振った。

だが、三日目から、少し様子がおかしくなって来た。

長谷川が、まっすぐに、帰宅しなくなったのだ。バーで飲んで帰ったり、いったんS駅でおりながら、また、盛り場に引き返して飲んだりしはじめたのである。悪酔いするのか、自宅近くのドブに吐くのも目撃した。

「どうしたんでしょうか？」

と、三井刑事は、急に別人のような行動を取りはじめた長谷川を不審がった。

「会社で面白くないことがあったんでしょうか」

「違うね。禁断症状が出はじめたのさ」

「禁断症状」

「第一と第二の殺人の間には、十日間あった。そのあと、今日で四日過ぎている。あの殺人が、犯人にとって麻薬と同じだとしたら、だんだん禁断症状が出て来てもおかしくないじゃないか。多分、また十日目頃には、あの男は、女を殺すぞ」

「しかし動機がわかりません」

「細君が知っているさ」

七日目に、安田は、もう一度、長谷川季子に会いに出かけた。

相変らず美しい。が、最初の時に比べて、眼の下に黒いクマが出来、肌がざらざらしているのに気がついた。疲労が、この美しい女の眼から、輝きを失わせている。

「教えてくれませんか」

と、安田は、直截にいった。

「何をですの？」

季子は、固い、身構える眼になった。

「ご主人は、なぜ、あんな殺人を犯すんですか？　貴女は、その理由をご存じのはずだ」

「主人は何もしていません。ちゃんと、アリバイがあります」

「いつまで、そんな嘘が通用すると思っているんです？　ご主人は病気かも知れない。もし病気なら、また、女を殺す。それを防ぎたいんです。それには、貴女の協力が必要だ。教えて下さい。ご主人と貴女との間に、何があったんです？」

「何もありませんわ。お帰り下さい。少し疲れておりますので」

季子は、固い表情で、ドアを開けた。

7

安田刑事は、いらだった。長谷川明が犯人だという確信も、また、殺人を犯すだろうという確信もゆるがない。

それを防ぎたいのだ。それには、長谷川の細君の協力が必要なのに、彼女は、かたくなに、協力を拒んでいる。

その理由らしいものがわかったのは、安田が、彼女を訪ねた翌々日だった。佐々木課長に、長谷川季子のことを調べてくれるように頼んでおいたのに対して、答が見つかったのである。

「二年前に、彼女は、郊外の産婦人科医に行っている」

と、佐々木警部は、安田にいった。

「子供が出来る身体かどうか調べて貰ったんですか？」

「違う。子供を堕ろしたんだ。医者は、妊娠三か月だったといっている。その時、長谷川は、北海道へ出張中だった」

「本当ですか」

「医者は、最初、なかなか話してくれなかったが、殺人事件に関係しているかも知れないといったら、やっと話してくれたそうだ。医者は、生むようにすすめたらしいが、季子は、どうしても生めない理由があるといったらしい。もちろん、偽名で彼女は堕ろしている」

「なるほど」

「今度の事件に関係があると思うかね？」

「動機がわかったような気がします。季子は、私に、夫との間に子供が出来ないのは、自分の方に原因があるといっていました。しかし、違っていたわけです。夫の長谷川の方に原因があったんです」

「不能（インポ）ということかい？」

「とは思いません。それだったら、七年も続かなかったでしょう。不能じゃないが、生殖能力がない男というのはいるものですよ。それでも、夫婦仲は上手くいっていたんだと思います。ところが、季子が、浮気をした。多分、たった一度の浮気だったと思いますね。或（あるい）は、誰かに暴力で犯されてしまったのかも知れません、そして妊娠した。夫の子供でないことは明らかです。だから、夫の出張中に、ひそかに堕ろしてしまったのです」

「それを、最近になって、長谷川が知ったのかな？」

「だと思います」

「しかし、それなら、なぜ、季子に当らないんだ？」

「彼女を愛し過ぎているためかも知れません。上司の娘だからかも知れません。子供の出来ない理由が自分にあるという引目のためかも知れません。それに――」

「それに、なんだい？」

「信じ切っていた妻が浮気をし、しかも、他人の子を堕ろしたことを知ったショックで、長谷川は、本当の不能者になってしまったのではないかと思うんです」

「なぜ、そう思うんだ？」

「そうでなければ、妻以外の女を抱くことで、何とか、心の苦痛をなぐさめることは出来るはずです。あの殺し方は、明らかに、セックスに対する憎悪の現われですよ。セックスに対する恐怖といってもいいかも知れません」

「商売女を、ああした形で惨殺することで、細君に対する愛憎を解消しようとしているのかも知れないな」

「しかし、細君とは毎日顔を合せているんです。その沈静効果も薄れて来ます。発散しようのない憎しみがまた蓄積していきます」

「そして、また殺人か。だが、証拠はないぞ。細君が証言してくれれば別だが」

「彼女は、絶対に我々に協力しないと思いますね。全ての責任は自分にあると思っているから、死んでも、長谷川のアリバイを主張するはずです」

「だが、今日は九日目だぞ。明日、また、長谷川は三人目の女を殺すかも知れんだろう？」

「必ず防ぎます。防いで逮捕します」

と、安田は、口を一文字に結んだ。

第二の殺人から十日目の八月十三日は、朝から小雨の降るうっとうしい天気だった。小さな台風が、本土に接近しているという予報があったせいか、夕方になると、風も出て来た。

長谷川明は、五時に退社すると、ガード下をくぐって、興行街に向い、映画館に入った。

安田と三井の二人の刑事も、続いて、中に入った。雨のせいか、館内は、珍しく混んでいた。

午後十一時少し前に、最終回が終った。三百人くらいの客が、どっと吐き出され、外に出ると、傘を広げる。その傘の波の中に、ふと、長谷川の姿を見失ってしまった。

（しまった）

と、思ったとたんに、安田は、三井刑事を促して、旅館街に向って、雨の中を、駈け出していた。

一軒一軒、ラブホテルを聞いて廻った。

七軒目の「ホテル・あたみ」のフロントが、やっと、長谷川らしい男が来たと教えてくれた。第二の犯行のあった「西口クイーン」から五〇メートルと離れていない。この辺りのラブホテルには、二つの事件について協力を求める通知が配られているはずなのだが、女と金とセックスの渦まいているこの一角では、いちいち、客に注意していたら、商売にならないのだろう。

安田が警察手帳を見せて、はじめて、フロントの男は、蒼い顔になった。

「その客の部屋は？」

「二階の『エジプトの間』です」

「パンマは？」

「すぐ呼んでくれといわれましたんで」

「女は来たのか？」

「五、六分前に来ました。どうしたらいいんですか？」

「お前さんは、そこに坐ってればいい」

安田は、突き放すようにいって、三井刑事と、赤いじゅうたんの敷かれた階段を、駈けのぼった。

「拳銃は持って来たな？」

安田が、若い三井刑事に確かめた。

「持って来ましたが、相手はエリート社員です。使うこともないと思いますが――」

「今は、エリート社員じゃない。殺人犯だ。それを忘れるな」

と、安田は、叱りつけるようにいった。

安田は、拳銃を取り出した。それにならって、三井も拳銃を構えた。

「エジプトの間」の前に来た時、中から、かすかに、女の悲鳴が聞こえた。ドアは、中から鍵がおりている。

安田刑事は、七二キロの身体で、ドアに体当りした。

ドアがこわれた瞬間、安田の身体は、部屋の中に転げ込んだ。右手をどこかにぶつけたらしく、不覚にも、拳銃を取り落した。床に倒れたまま、手を伸ばしながら、部屋の中を見廻した。

ベッドから転げ落ちた半裸の女が、のどに手をやって、ぜいぜい荒い息を吐いている。その頸に巻きついている浴衣の紐。

その向うに、ワイシャツ姿の長谷川が突っ立っている。一瞬、ポカンとした顔をしていたが、テーブルの上の鞄から拳銃をつかみ出した。

「三井。射てッ」

と、安田は、怒鳴った。

だが、三井は、拳銃を構えたまま、射とうとしない。

安田は、伸ばした手で、拳銃をつかむと、床に腹這いになったまま、引金をひいた。

轟音が、部屋にひびき渡り、長谷川の身体が、はじき飛ばされ、床に叩きつけられた。

安田は、蒼白い顔で立ち上ると、恐る恐るのぞき込んでいるフロント係に、

「救急車を呼んでくれ」

といった。

長谷川は、身体を丸めて、呻き声をあげた。右肩から血が吹き出している。

「なぜ、射ったんです?」

と、三井刑事が、安田を睨んだ。

「お前さんを助けたんだ。それに、死にやしない。肩にあたっただけだ」

「そんなことをいってるんじゃありません。長谷川の拳銃は、模造ガンですよ。見て下さい。金色に塗ってあります。だから僕は射たなかったんです」

三井は、床から拾いあげて、安田に突きつけた。安田は、黙って受け取ると、窓に向って引金を引いた。

再び、凄まじい爆発音が轟き、窓ガラスが、砕けた。

三井刑事の顔色が変った。安田は、

「これが、模造ガンか? え?」

「しかし――」

「本物の拳銃を、金色に塗って模造ガンに見せかけて持ち歩いていたんだ」

「なぜ、本物だとわかったんですか？」

「模造ガンなら、銃口が詰っているはずだ。だが、これはそうなっていなかった。何よりも、長谷川の眼だ。あの眼は、相手を殺そうとする眼だった。それに気がつかなかったのかね？」

と、安田は、怒ったような声でいった。がそのあとで、ニヤッと笑ったのは、佐々木課長との約束を思い出したからである。

ひな鳥を守る親鳥のように守ってやりますと、安田は、課長に約束した。あと、二、三回は、親鳥の心境にならざるを得ないかも知れない。

夜の脅迫者(きょうはくしゃ)

1　リクエスト・タイム

その時、山路は第二京浜国道を、横浜に向って、車を走らせていた。車は、買い求めたばかりのスポーツカーにして良かったと思う。快適だった。迷った揚句に買った車だったが、スポーツカーにしてくる。三十五歳という年齢が、五つ六つは若がえったような気になってくる。走りながら、ラジオのスイッチを入れた。以前は、専らテレビばかり見ていたものだが、車を手に入れてから、ラジオを、よく聞くようになった。スイッチを入れた途端に、ラジオは、三時の時報を告げた。西陽が、横から当っている。風も生温かい。もう夏であった。

〈××石鹸提供の、リクエスト・タイムの時間です〉

と、ラジオがいった。山路は、ハンドルを握って、ぼんやりと、耳を傾けていた。リクエスト・タイムというのを、山路は、二、三度聞いている。誰から誰へ贈るという形で音楽が放送される番組である。例えば、「先日結婚された山形の佐々木一郎さんに、学生時代のお友達から、この音楽を贈りたいというお手紙です」というアナウンスがあってから、「こんにちは、赤ちゃん」の曲が、流れてくるといった具合である。旅行好きの友人に、「旅情のテーマ音楽」というものもあった。贈られた女性は、案外、三十代のオールドミスだったかも知れない。

最初の二、三曲を、山路は、曲名も判らずに聞き流した。どれも、最近、流行し始めた歌謡曲で、山路の知らないものばかりである。

山路は、ダイヤルを回そうとして、手を伸ばした。スポーツカーにふさわしい軽快なメロディを聞きたいと思ったからだが、伸ばした手が、ふと、宙に止ってしまった。

〈横浜にお住いの、山路真一さんに、次の曲をお贈りします〉

と、アナウンサーが、告げたからである。

(俺のことだろうか?)

山路は、次の言葉を待った。山路真一という名前が、そうザラにあるとは思えないが、横浜は、大都市である。同姓同名がいないとは限らない。他人としても、面白いと思い、山路の口元に、微笑が浮んだ。

〈贈り主は、山路さんのよく知っていらっしゃる方で、Sとだけ署名がしてございます。お贈りする曲は、『夜の愛』です〉

(S——?)

これだけでは判らない。山路が首をひねった時、アナウンサーが、言葉を続けた。

〈なお、お手紙には、三年前の今日の思い出のためにと、書いてございます。山路さん。お聞きでしたら、三年前を思い出しながら、この曲をお聞きになって下さい〉

山路は、「うッ」と、軽い、うめき声をあげた。バックミラーに映った顔が、真っ青になっている。ハンドルを握っていた手が震え、危く、前を走っていたトラックに、追突しそうになった。周章てて、ハンドルを切ったが、暫くは、動悸が止まなかった。

〈三年前の今日の思い出〉

と、アナウンサーは、いった。それは山路が忘れようと努めていた記憶だった。

三年前の今日、山路は、妻の美代子を殺したのである。

殺す他に方法がなかったのだと、今でも、山路は思っている。我ままで、病的に嫉妬深い女だった。一寸、他所の女に話しかけただけで、美代子は、ヒステリックに、わめき立てた。金遣いも荒かった。それを注意すると、愛情が足りない証拠だと、山路をなじった。

山路は、六年間、我慢した。一度は、愛し合った女だからである。しかし、どうにも我慢が出来なくなって、七年目に、離婚を申し出た。

美代子は承知しなかった。それだけではない。新しい女が出来たせいだと、わめいたり、「貴方を殺して、私も死ぬ」と、真っ青な顔で、叫んだりするのである。偏執的なところのある女だったから、本当に山路を殺しかねなかった。

事実、こんなこともあった。山路が、離婚話を持ち出してから、二、三日あとのことである。夕食後に、妻の入れてくれたコーヒーが、妙に、苦かったことがあった。書斎で飲もうとした山路は、周章てて吐き出してしまった。美代子は、冷然と、「腐っていたんでしょう」といったが、買って一週間にしかならないコーヒーが、腐るなどということがあるだろうか。毒を入れたに違いないと、山路は思った。

(このままでは、俺は殺されるかも知れない)

と、山路は思った。

夫婦の間で妻の方が、夫の毒殺を企てたら、夫は、絶対に逃れようがない。三度の食事、それに食後のお菓子やコーヒーと、口に入る殆ど全ての物が、妻の手中にあるからである。

それに、殺されないまでも、このままでは、自分が駄目になってしまう。それも、山路は恐ろしかった。新進の建築家として、やっと売り出しかけていたからである。

だから、山路は、妻を殺した。自分では、止むを得なかったのだと、考えるようにしていた。一種の正当防衛だったのだと、山路は自分に、いい聞かせている。

それが、三年前の六月二十日である。

場所は、東北のNという山奥の温泉場だった。

そこで、山路は、妻の嫉妬深さを利用して、罠(わな)をかけた。

旅館に着いた日、山路は、一寸した一人芝居をしたのである。女中が来て、風呂(ふろ)をすすめた時、山路は風邪気味だからといって、妻の美代子にだけ、入ってくるように、いった。疑い深い妻は、これだけで、山路の態度を訝(いぶか)しいと思ったようだった。それが狙いでもあった。

美代子は手拭を持って部屋を出たが、落ち着いて風呂に行けないことは、山路が良く知っている。山路は、妻が部屋を出てから、五、六分して、受話器を取り上げた。芝居のための電話だった。

「近くに、Tという旅館があったね。そこを呼んでくれ給え」

と、山路は相手のいない電話に向って、いった。

「ああT旅館? そちらに、東京から来たAという女の人が泊っている筈なんだが。いる? じゃあ、呼んでくれませんか。ああ、Aさん? 僕だ。山路だ。今、この温泉に来ているんだ。それで電話したんだが、会えるかね。ああ八時頃なら何とか脱け出して行けるよ。場所は? 裏山の上? ああ滝のある所だね。判った。必ず行くよ」

山路は、そこまで、いって、受話器を置いた。風呂に立った妻が、部屋の外で、聞き耳を立てているに違いないと考えての一人芝居だった。一つの賭けであった。失敗したところで、損にはならない。と、踏んではいたが、受話器を置いた時、流石に、脂汗が浮んでいた。

妻は、二、三分して部屋に戻って来た。その顔が蒼ざめているのと、手拭が濡れていないのを見て、山路は、妻が罠にかかったらしいことを知った。彼女は、一人芝居の電話を盗み聞きしたに違いなかった。

美代子は、夕食にも殆ど箸をつけなかった。そのことも、山路の確信を深めさせた。あとは、仕上げをするだけである。

七時半頃になって、山路は、一寸用事を思い出したからといって、部屋を出た。普段なら、何処に行くのかと、しつこく訊く妻が、その時には、黙っていた。そのことも、妻が電話を聞いたに違いないという確信を、山路に深めさせた。

部屋を出た山路は、廊下のかげに隠れて、妻の様子を窺った。罠が上手くいったのなら、妻は、周章てて、裏山に出掛ける筈であった。案の定、五分もしないうちに、外出姿に着がえた美代子が、部屋を出て、旅館の玄関に向って姿を消した。

山路は、裏庭から外へ出た。人に見られないように裏山へ上った。地理については、旅行の前に、地図で詳しく調べてある。雨の気配はなかったが、空は曇っていた。暗い夜である。

山路が山頂へ着いた時、草叢にうずくまっている人影が見えた。妻だった。山路が架空の女と逢引きする現場を押さえようとして、出掛けて来たのである。その隠れ方は、ひどく拙劣であった。

山路は背後に忍び寄って、近くにあった石で、後頭部を殴りつけた。妻は、微かなウメキ声を上げげただけで、その場に倒れた。

あとは簡単だった。妻の身体を、山頂から崖下に突き落し、何喰わぬ顔で、旅館に戻った。勿論、裏庭からである。

山路は、十時まで部屋で待ち、それから、妻が散歩に行くと出たまま戻って来ないと、騒ぎ立てた。

駐在の巡査が駈けつけて来た。旅館の主人が、村の若者を駆り集めてくれた。松明と、懐中電燈が用意されて、裏山の捜索が行われた。

妻の死体が、滝壺の近くで発見されたのは、翌朝になってからである。

警察は、他殺、自殺、事故死のいずれとも決めかねるように見えた。山路も勿論、調べられた。

旅館の人達は、美代子が、ひとりで出掛けたと証言した。その証言が最後まで物をいった。山路を疑っていた刑事もいたようだが、彼が殺したという証拠は摑めなかったようである。

妻の死は、事故死ということで、決着がついた。

山路の脳裏に、三年前の記憶が蘇って来た。

ラジオのスイッチを切り、車を道路の端に寄せて停めると、気持を落ち着かせようとして、煙草に火を点けた。

顔のこわばっているのが、自分でも判った。

(Sというのは、一体、誰なのだろうか?)

(何のために、あんなリクエストの手紙を、放送局へ送ったのだろうか?)

山路には、Sというイニシャルに心当りはない。しかし、アナウンサーのいった、山路真一が、彼のことならば、Sという人間は、三年前の事件に関心を持っている奴に違いなかった。

山路は同姓同名の別人と考えたかった。あの音楽が贈られたのは、横浜に住む、もう一人の山路真一ではないのか。その山路真一は、きっと、三年前の今日、結婚したか、栄転したか、お目出たいことがあったに違いない。あの音楽は、そのための贈り物なのだ。山路は、そうであって欲しいと思った。

山路は、煙草を捨てると、再び、車を走らせた。しかし不安は増しこそすれ、減りはしなかった。

山路真一は、彼のことかも知れないのである。もし、そうなら、Sという人間は、あの事件の秘密を握っているのかも知れない。

（それを知らなければならない）

と、山路は思った。どうしたらよいかと考えてから、音楽が、「夜の愛」という題名だったことを思い出した。何か、外国映画のテーマ音楽らしいが、山路には判らなかった。ラジオで聞いた限りでは、音楽だけで歌詞はなかった。まず、何をテーマにしたものか、それを調べてみることだ。もし、ロマンチックコメディの映画のテーマ音楽だったら、山路の不安は、杞憂だったことになる。山路真一は、同姓同名の別人だったのだ。

山路は、横浜の設計事務所に戻ると、若い女事務員を摑まえて、「夜の愛」について、訊いてみた。

「あれなら、映画のテーマミュージックですわ」

と、映画好きの女事務員が、いった。

「社長さんも、お好きなんですか？　あの曲？」

「いや、ただ一寸ね」

と、山路は曖昧に、いった。

「何という映画だね？」

「確か、同じ題名のアメリカ映画だったと思います。あたしは、見ませんでしたけど——」

「そうか、同じ題のね——」

山路は、そんな映画があったことを知らなかった。彼の名前が売れ出して来てから、仕事が忙しく、映画を見ない日が続いていたからである。

山路は、自分の部屋に入ると、新聞を取り出して、映画の案内欄を眺めた。最近の映画ではないとみえて、封切館に、「夜の愛」という文字は見えない。セカンド館の欄にもなく、三本立映画館の一つに、やっと、「夜の愛」の文字を発見した。

深川の映画館である。山路は、新聞を放り出すと、事務所を出て、車を深川に走らせた。

場末の小さな映画館だった。ピーナッツと、のしいかの匂いのする椅子に腰を下して、山路はその映画を見た。

タイトルが出て、映画が始まると、車の中で聞いた音楽が流れてきた。この映画に間違いないらしい。

開巻は、結婚式のシーンだった。山路は、ほっとした。この映画は、どうやら、ラブロマンスらしい。

しかし、映画が進むにつれて、山路の顔は次第に、こわばって来た。映画は、ラブロマンスではなくて、祝福された愛が、次第に崩壊して行く姿を描いていたからである。妻の我ままと虚栄心が、次第に夫の心を彼女から離れさせていく。やり切れなくなった夫は、妻の死を願うようになる。

ラスト近くなって、断崖のシーンが出て来た時、山路は、一瞬、眼を閉じてしまった。主人公の夫は、車を断崖の上に停め、何気なく下を見下した妻を、突き落して殺してしまうのである。

映画のラストは、夫が逮捕されることで終っていた。目撃者がなかったと思ったのに、遠く離れた場所から、望遠鏡で、断崖を眺めていた少年がいたのである。

映画館を出た時、山路の顔は、青ざめていた。

事態は、ハッキリした。ラジオが放送した山路真一は、疑いもなく彼のことなのだ。そして、Sという人間が、三年前に、山路が妻を殺したに違いないと考えて、あのリクエストをしたに違いなかった。

(問題は、Sが謎で、何か証拠を握っているのかということだ)

（それに、何のために、あんなリクエストをしたかということだ）

三年前の六月二十日、妻を殺した夜、山路は、誰にも見られなかったと思っていた。だからこそ、彼は釈放され、事故死ということで片がついたのだ。

しかし、目撃者がいたのではあるまいか。月が出ていなかったとはいえ、真の闇ではなかった。「夜の愛」という映画に、偶然の目撃者がいたように、あの夜、山路が、妻の身体を投げ落すのを誰かが見ていたのではあるまいか。それが、Sという人間ではあるまいか。

（しかし、Sが目撃したのなら、何故、あの時、警察に告げなかったのか？　何故、三年後の今頃になって、それも、ラジオのリクエスト・タイムのような、いやがらせめいた手段をとるのだろうか？）

いくら考えても、山路には判らなかった。判らないことが、山路を安心させるよりも、一層、不安に陥れた。

Sが誰であるかを知りたいと、山路は思った。

山路のことを、快く思っていない人間であることに間違いはない。

（死んだ美代子の身内だろうか？）

最初は、そう考えたが、違うようだった。妻の両親は、既にこの世にいない。妹が一人いるが、彼女は、アメリカ人と結婚して、今は、ニューヨークで暮している筈であった。

（同業者だろうか？）

山路の名声が上ってから、それを妬む人間がいないとはいえない。競争の激しい世界だけに、山路の挫折を待ち受けている人間は、何人かいるに違いない。しかし、だからといって、あんな卑劣な手段を使う相手に心当りはなかった。

結局、判らないのである。

判らないままに、二日間、山路は、自分を抑えて過ごした。しかし、三日目になると、どうにも我慢が出来なくなって、リクエスト・タイムを放送している「中央ラジオ」を訪ねた。

「中央ラジオ」は、赤坂にある。受付で、「リクエスト・タイム」の担当者に会いたい旨をいうと、すぐ電話してくれたが、それから、山路は一時間近く待たされた。

担当者は、曾根崎という三十二、三歳の男だった。ワイシャツの袖をまくり上げた恰好で、山路の前に現われると、

「私が、担当者の曾根崎ですが、どんなご用でしょうか？」

と、大きな声で訊いた。

山路は、まず、リクエスト・タイムを、楽しんで聞いていると、お世辞をいってから、投書の主を知りたいのだと、いった。

「私に曲を贈ってくれた友人がいるのですが、放送では、イニシャルしか、いわなかったので――」

「何時の放送です？」

「三日前の放送でした」

「よろしい。調べてみましょう」

曾根崎は、気軽くいうと、一度、奥に消えたが、間もなく一枚の葉書を手にして戻って来た。

「矢張り、Sとしか書いてありませんね」

と、曾根崎は、いって、その葉書を山路に渡した。三日前、アナウンサーが、いったと同じ言葉が、右上りの癖の強い字で書いてあった。確かに、Sとしか署名がない。山路には、記憶にない筆跡であった。しかし、男の字であることは、確かなようだった。

消印は、渋谷局であった。

「字を見ても、誰か判りませんか？」

と、曾根崎が訊いた。山路は、判らないといった。

「それは、残念ですな」

曾根崎は、一寸、肩をすくめるような恰好をした。山路は黙って、宙を睨んでいた。

不安が、深さを増して行くような気がしてならなかった。

2 手紙の挑戦

一週間過ぎた。

Sについては、何も判らなかった。山路は、自分に来た手紙を、一つ残らず調べてみたが、その中に、投書の葉書と同じ筆跡は発見できなかった。

八日目の午後である。設計事務所にいた山路に、男の声で、電話が掛って来た。最初は、相手が誰か判らなかったが、

「中央ラジオの曾根崎です」

と、いわれて、ワイシャツ姿の背の高い男の姿を思い出した。

「今日、リクエスト・タイムの投書を選んでいたら、また、貴方宛のものが来ていたのです。署名は、矢張りSとしかありません」

と、曾根崎は、いった。

「それで、貴方のことを思い出して、電話したんですが、こちらに、お出で頂けば、葉書をお見せしますよ」

「――――」

「どうなさいますか？」

「行きます」

と、山路は、いった。

曾根崎とは、放送局の近くにある喫茶店で会った。

葉書の署名も、指定された曲が、「夜の愛」であることも、この前と同じであった。

ただ、「三年前の今日の思い出のために」の言葉が、「三年前の六月二十日の思い出のために」と変っていた。

山路の、葉書を持った手が、微かに震えた。相手は、明らかに、あの事件のことを指しているのだ。

「リクエスト・タイムが始まって半年ですが、こんなことは、初めてです」

と、曾根崎は、いった。

「同じ葉書が、一週間のうちに、二度も投書されてくるというのは――」

「――」

「よっぽど、三年前に、貴方には、いいことがあったようですね。Sという人は、それを羨んでいるのかも知れませんね」

「――」

「どうかしたんですか？　顔色が悪いですよ」

「いや、何でもありません」

山路は、周章てて、いった。

山路は、曾根崎に葉書を返すと、蹌踉とした足どりで、その喫茶店を出た。

一体、Sという人間は、何を狙っているのだろうか？　山路が妻を殺したという確信を持ち、正義を行おうとしているのだろうか。それとも、ゆする積りなのか。

一通の封書が、山路に送られて来たのは、それから三日後である。表には、「山路真一様」と書いてあったが、裏に、差出人の名前はなかった。しかし、誰からの手紙かは、字を見ただけで判った。「S」に違いなかった。消印も、矢張り渋谷局だった。

山路は、固い表情で封を切った。中から出て来たのは、手紙ではなかった。名刺版の写真が二枚だけである。

一枚は、N温泉の写真だった。山路が、妻と一緒に泊った旅館も写っている。二枚目は、山路が、妻の身体を投げ落した崖の写真であった。一瞬、そこに、妻を殺す自分の姿が写っているような錯覚に捕われて、山路は眼をつむってしまった。

山路は、気を取り直して、もう一度、封筒を調べた。逆さにして振ってみたが、二枚の写真以外には、何も出て来なかった。

山路は、机の上に、二枚の写真を置いて、長い間、睨みつけていた。脅迫の手紙でも入っていたのなら、かえって、対処の仕方があったかも知れない。写真だけが封入されていたことが、不気味だった。相手の真意を図りかねるからである。

(何もかも、知っているぞ、という積りなのか?)

或は、リクエスト・タイムに、あんな曲をリクエストしたり、今度は、犯行現場の写真を送りつけることで、山路に、それとなく自首をすすめているのだろうか。

(しかし、それにしては、三年後の今頃になって、何故、自首をすすめる気になったのか？　何故、あの事件の時に、やろうとしなかったのか?)

ところが、山路には、判らなかった。

相手の正体を知りたいと、思った。それが判らないでは、戦いようがないからである。勿論、警察に自首しようなどという気持は、山路には浮んで来なかった。

送られて来た二枚の写真を、山路は封書ごと焼き捨てた。しかし、印画紙に焼きつけられたN温泉の姿、断崖の光景、そして、封書に書かれた、癖の強い文字は、山路の頭から離れなかった。

過去というカッコの中に押し込めてしまった筈の妻の死が、ふいに蘇って来て、山路の前に、立ちはだかった恰好である。

山路は、狼狽し、不安に襲われた。Sの正体を知りたいと思い、消印のあった渋谷局のあたりを歩いてみたが、勿論、通行人の誰が、Sか、判る筈もなかった。

山路の日常生活も、リクエスト・タイムの放送以来、ともすれば、乱れがちになって来た。仕事や、用談の最中に、ふッと、死んだ(殺した)妻の顔が、浮んで来たりするからである。それが原因で、設計のミスをやり、得意先を二つばかり失うという失敗も起こしてしまった。上り坂の山路には、手痛い失敗だった。そのことも、山路を、焦燥に追いやった。

不安や、疑惑というものは、或る段階で止っているということがない。転がり出した雪ダルマと同じで、不安が不安を生み、疑惑が更に大きな疑惑を生むのである。

(どうにかしなければ、この不安だけで、俺は、参ってしまうかもしれない)

山路が、そう考え始めた頃、それを待っていたかのように、二通目の手紙が、レターボックスに発見された。

安物の封筒の色も同じなら、裏に、差出人の名前がないことも同じであった。山路は、震える手で、封を切った。

最初に出て来たのは、便箋だった。同じ右上りの字が、次のように書いてあった。

〈私は、君が、三年前の六月二十日の夜、N温泉で、妻君を転落死させたことを知っている。私は見たのだ。私が、警察に告げれば、間違いなく君は刑務所行きだ。しかし、私は、正義などということには余り興味はない。正義は一銭にもならないからね。それに、有為な人材を刑務所に追いやるのも好きではない。だから、私は、君と、取引きがしたい。これは、君にとっても、損のない取引きと確信する。君は、何年かの暗い刑務所での生活から脱がれられるのだから。

私は、君の収入を計算した。君には、約五十万円の月収がある。二十万を生活費に割いたとしても、三十万の余裕がある筈だ。その中から、十万ずつ、私に送金するのだ。これが私の要求だ。毎月十万。君なら楽、私は、三星銀行渋谷支店に、普通預金の口座を作ってある。

『通帳番号一二七三五　須貝太郎』

これが、その口座だ。君は、この口座宛に毎月十万円ずつ振り込むのだ。須貝太郎という名前から、私の正体を突き止めようとしても、それは無理だと諦め給え。銀行では、架空の名前で、通帳を作れるのだからね。

今月の十日までに、最初の十万円を、振り込み給え。もし、君が拒否すれば、私は、嫌な手段を取らざるを得ない。これは脅しではない。私は、君が犯人だと知っているのだ。

君が、決心をつけ易いように、N温泉の写真を同封しておく（前の写真は、どうせ、破り棄ててしまったに違いないからね）。この写真は、事件の日に、私が写したものだ。

君が賢明であることを祈る。　S〉

封筒をもう一度探すと、確かに、写真が一枚入っていた。山路が泊った旅館の写真だった。前に送って来たのとは、違った角度で写してある。

山路は、写真を置くと、もう一度、手紙の文字を眼で追った。矢張り、ゆすりが目的だったのだと思い、予想していた通りだったことに、軽い安堵感があったが、それだけでは、山路の気持は、安らぎはしなかった。

（須貝太郎――か）

と、山路は、その名前の箇所を、睨みつけた。イニシャルは、Sだが、手紙に断ってある通り、偽名かも知れない。

（毎月十万ずつ振り込めか）

その金額は、今の山路に都合できない額ではない。山路は、百万、二百万の金を要求されるものと考えていただけに、十万という金額は、意外であった。しかし、考えてみれば、毎月十万という脅迫の方が、より悪質だと判るのである。月賦の心理と同じで、簡単に応じてしまう危険があった。月には十万だが、一年では百二十万。十年も取られ続ければ、軽く一千万を越す。

山路は、払いたくなかった。一度屈服したが最後、骨の髄まで、しゃぶられると、本能的に感じるからである。要求を、はねつけてやりたい。しかし、はねつけたら、どうなるだろう？

（問題は、相手が、確固とした証拠を握っているか、本当に妻を殺すところを見たのかということだ）

山路は、もう一度、脅迫状の文章を読み返してみた。山路を、犯人と決めつけている書き方が、彼を不安に陥れる。相手は、確信を持っているという。そうとしか思えない文章だった。その確信が、山路には怖いのである。

山路は、手紙を読み了えると、壁のカレンダーに眼を移した。今日は七月四日である。Sが指定した十日までには、あと六日間しかない。とにかく、その間に、決心をつけなければならないのである。

その六日間、山路は考え続けた。或る時は、払うものかと思い、次の瞬間には、やはり、払って、危険を避ける方が賢明だと考えた。二つの考えが、入り乱れて、どうしても決心がつかず、決心のつかぬ間に、六日間が過ぎてしまった。

七月十日の朝。山路は、青い顔で受話器を取り上げると、預金のある銀行を呼び出した。

「僕の預金の中から――」

と、山路は、疲れたような声でいった。

「十万だけ、三星銀行渋谷支店の、須貝太郎名義の普通預金に振り込んで下さい。口座番号は、一二七三五。お願いします」

受話器を置いた時、山路は、脅迫状の挑戦に対して、自分が屈服したのを知った。

3　最初の反撃

表面的には、平穏な毎日が、過ぎて行った。

Sからは、何もいって来ない。恐らく須貝太郎名義の通帳に、十万円の金額が振り込まれているのを確かめて、満足しているに違いなかった。山路の方も、次の八月十日までは、脅迫から解放されたことになる。しかし、その解放が一時的な、見せかけのものであることは、山路が一番良く知っていた。来月の十日になれば、また十万の金を、須貝太郎の口座に振り込まなければならないのだ。来月だけではない。次の月も、またその次の月にも、それは続くのだ。永久の屈服が――

金も惜しいが、屈服感がやり切れなかった。それに、自分の運命が、Sという人間の手に握られているという無力感も、我慢がならなかった。

(何とかしなければならない)

八月十日が近づいて来るにつれて、山路はそう考えるようになった。永久に食い物になるのは真っ平だった。これでは、何の為に、妻を殺したのか、判らなくなってしまう。

一回目の十万円を支払ったことで、相手は、油断しているに違いないと、山路は思った。少なくとも、次の支払日までは、油断しているに違いない。その間に、相手のことを調べることだ。

調べなければならないことは、二つある。一つはSの正体が誰かということ。第二は、Sが、本当に、殺人を目撃したのか、確証を持っているのかということである。

山路は、決心すると、最初に、四谷にある私立探偵社を訪ねた。偽名を使って、ベテランだという探偵員に会った。

「金は、いくら掛っても構わない」

と、山路は、いった。

「須貝太郎という男を、調べて欲しいんだ」

「年齢や住所は、判っていますか?」

中年の探偵員は、鉛筆を構えて、訊いた。

「判らない」

「勤務先もですか？」

「そう」

「これは、一寸難しいですね。何の手掛りもなしに、一人の男を見つけ出すというのは。東京に住んでいるかどうかも、判らんのでしょう？　写真でもあれば、まあ、何とかなりますがね」

「写真もない人だ。しかし、渋谷に住んでいるに違いないと思っている」

「ほう。理由は？」

「三星銀行の渋谷支店に、須貝太郎は、普通預金の口座を持っているのだ」

山路は、一二七三五という口座番号を、探偵員に示した。

「この男について判っているのは、これだけだ。どんな顔をしているのか、年齢はいくつなのか、何も判らない。しかし、どうしても、この男のことを知りたい。金はいくら掛ってもいいから、調べてくれないかね」

「難しいが、やってみましょう」

と、探偵員は、いった。

「時間が掛ると思って下さい。須貝太郎という名前も、本名かどうか判りませんからね」

「何日くらい掛るのかね？」

「一週間は、みて置いて貰わないと――」

探偵員は、指を操りながら、いった。

山路は、探偵社を出ると、一度、事務所に戻ったが、落ち着けなかった。何度か考えた揚句、もう一度、N温泉を訪ねてみようと決心した。

既に三年経っているとはいっても、妻を殺した現場に出掛けるのは、気が進む話ではない。しかし、出掛けて、調べなければならないことがあった。

Sは、脅迫状の中で、山路が妻を殺すのも見たと書いている。もし、それが本当なら、三年前の六月二十日に、Sもまた、N温泉にいたことになる。

N温泉には、旅館が三軒あった筈である。その一軒に泊っていた男が、偶然、六月二十日の夜、裏山に上っていて、山路の行動を目撃した。その男が、Sとも考えられる。須貝太郎という名前が、もし、本当で、脅迫状の文句も嘘がないとしたら、六月二十日の泊り客の中に、須貝太郎の名前がある筈だ。それを、N温泉に行って、確かめてみなければならない。それに、Sから送られて来た写真のこともあった。Sは、あの写真を、三年前の六月二十日に写したのだと、手紙に書いて寄越した。本当に、三年前の写真かどうか、現地に行ってみれば、判るかも知れない。

山路は、決心すると、すぐに、車を羽田に走らせた。汽車は、まだるっこしい。仙台まで、飛行機で行く積りだった。

仙台までは、全日空で一時間である。仙台郊外の飛行場に着いたのは、四時に近かった。N温泉までは、更に、車で、三時間近く揺られていかなければならない。

N温泉は、三年前のあの日と同じように、ひっそりと静まりかえっていた。山路の胸に、暗い痛みが走った。

三年前と同じ旅館には、流石に足が向かず、他の旅館に、山路は旅装を解いた。旅館の主人も女中も、彼のことを憶えていないようだった。そのことが、山路を、ほっとさせた。

山路が部屋に案内され、女中が、夕食を運んでくる頃になって、急に、空が暗くなり、物凄い雷雨になった。雷の嫌いな山路は、顔をしかめたが、給仕の女中は、これで、少しは涼しくなるでしょうと、笑顔でいった。

雷雨は一時間ほどで止んだ。暗かった空が嘘のように明るくなり、窓を開けると、裏山の上に、ぽっかりと、月の浮んでいるのが見えた。

山路は、妙な気持だった。三年前、あの山で、妻を殺したのである。まるで、妻の霊に引き寄せられたようだと、ふと思い、背筋に冷たいものが流れた。

山路は、周章てて、窓を閉めると、女中の運んでくれた酒を、咽喉に流し込んだ。

翌朝、浅い眠りから覚めると、主人を呼んで、何気ない調子で、宿帳を見せて貰いたいと、頼んだ。

「三年前の六月二十日なんだがね」

と、山路は、いった。

「僕の友人が、ここに来たことがあるというんだ。温泉嫌いで有名な男だから、僕は嘘に決っていると思ったんだが、どうしても、泊ったといってね。それで一寸した賭けをしたんだ」

「三年前の六月二十日ですか？」

主人は、訊き返してから、

「あっ」

と、ひとりで頷（うなず）いて見せた。

「事件のあった日じゃありませんか？」

「何か事件があったのかね？」

山路は、とぼけて、訊き返した。

「ええ。確かに、あの事件のあった日ですよ。この先の旅館に泊ったお客様が、崖から落ちて死にましてね。確か、あの日が、三年前の六月二十日だった筈です。間違いありませんよ」

旅館の主人は、またひとりで呟（つぶや）いた。

「それで、宿帳のことだが――」

「いいですとも、調べてみましょう。そのお友達の名前は、何とおっしゃるんですか？」

「須貝太郎というんだがね」

山路は、「須貝太郎」と、紙に書いて見せた。主人は、一寸待って下さいと、いって、一度部屋を出たが、五、六分して戻って来た。手に、大福帳のようなものを持っている。

「残念ながら、須貝という方は、泊っていらっしゃいませんがね」

主人は、本当に、残念そうにいった。

「ここには、あと二軒、旅館がありますから須貝さんは、そっちへ、お泊りになったんじゃありませんか？」

「そうかも知れない。奴は、旅館の名前をいわなかったからね」

「よろしければ、私が、電話して訊いてみましょう」

と、旅館の主人は、いってくれた。山路には、渡りに舟である。山路が頼むというと、主人は、引き受けましたといって、帳場へ消えた。山路は、部屋で待った。十分近くも待ったろうか。旅館の主人は、あわただしい足取りで戻って来ると、

「見つかりましたよ」

と、大きな声でいった。

「見つかった？」

「ええ。T旅館に、須貝さんという方が、確かに泊ったそうです。三年前の六月二十日に」

「須貝太郎が――？」

「ええ。字も間違いないそうです。念のために、宿帳に書かれた住所も、聞いておきました。これです」

旅館の主人は、小さな紙切れを、山路に渡して寄越した。それには下手糞な字で、

〈東京都渋谷区幡ヶ谷二一六三　須貝太郎〉

と、書いてあった。

「お友達の須貝太郎さんに、間違いありませんか？」

「間違いないらしい――」

「お客様の負けということですね？」

「えッ？」

「賭けをなさったんでしょう？」

「ああ」

山路は、周章てて頷いた。

「そうだ。僕が負けたんだ」

4　須貝太郎という男

須貝太郎という男が、実在していたということは、山路にとって、意外であった。脅迫者が本名を使っているとは、一寸考えられなかったからである。

宿帳にあった須貝太郎は、渋谷が住所になっているから、三星銀行の口座の人物と同じと考えて良いだろう。相手は、何故、偽名を使わなかったのか？　山路が、まさか、N温泉まで調べに行くとは思っていなかったのか。それとも、弱味があるのは山路の方だから、安心しきっているのだろうか。

（もし、そうなら甘く見たことを、後悔させてやる必要がある）

と、山路は思った。敵は、まだ、自分の住所が判ったことには、気付いていないに違いない。今日まで、先手を取られ続けて、相手がどんな人間か判らないままに、翻弄されていたが、今度は、逆襲に転じる時だ。

（須貝太郎を消してしまえば、それで、万事片がつく）

N温泉で、山路が得た結論は、これであった。今度は、上手くやることだ。第二の脅迫者を作らないように、完全犯罪をやりとげなければならない。

一刻も早く東京に戻って、須貝太郎という男を調べ上げる必要がある。その思いが、山路を駆りたてて、持ってきたN温泉の写真のことを忘れさせてしまった。Sから送られて来た写真が、何時写されたものであるかを調べずに、山路は、東京に帰った。

その写真が、ポケットに入ったままだったことに気付いたのは、東京に戻ってからである。しかし、しまったという気はしなかった。須貝太郎という男が、三年前の事件の日にN温泉に泊っていたことが判った以上、写真を調べることは、無意味と思われたからである。

山路は、東京の地図を拡げると、「渋谷区幡ヶ谷二一六三」という須貝太郎の住所を探した。どうやら、渋谷区の北端で、私鉄の「幡ヶ谷」という駅がある。

山路は、車を飛ばした。今度のオリンピックで、マラソンのコースになる甲州街道を、新宿から、車で五、六分も走ると、そこが、幡ヶ谷であった。

山路は、車を停め、濃いサングラスをかけたまま、須貝太郎の家を探した。まだ三時を回ったばかりで、夏の陽は、ぎらぎらと、舗道に照りつけていた。歩きながら、山路は、何度も、ハンカチーフで、額の汗を拭った。

日本の所番地というのは、判らないように出来ている。山路は、二度三度と、訊き直した揚句、やっと、目的の家を見つけ出すことが出来た。

大通りから奥に、五〇〇メートル近く入った場所であった。六畳に、四畳半と台所が付いている小さな都営住宅の一つに、「須貝太郎」という表札が掛っていた。

山路は、やや離れた場所から、長屋のように固まって建てられている都営住宅を眺めた。建てられてから、時代が経っているものと見えて、屋根瓦や、壁が痛んでいる。「脅迫者」というイメージは、その貧しげな建物からは、不思議に、浮んで来なかった。

ふいに、須貝家の玄関が開いた。山路は周章てて、傍の電柱に身体を隠した。家から出て来たのは、赤ん坊を背負った三十歳くらいの女だった。これから夕食の仕度でもするのか、小さな買物籠を、ぶら下げている。

（須貝太郎の妻君だろうか？）

山路は、サングラスの奥で瞳(ひとみ)を凝らした。宿帳に、須貝太郎一人の名前が書いてあったという旅館の主人の話から、独身の男と考えていたのだが、これは、勝手な想像だったようだ。

赤ん坊を背負った女は、山路の横を通り過ぎて行った。健康そうな女だったが、小柄で貧しげに見えた。恐らく、内職でもして、生活の足しにしているといった暮しを送っているのだろう。

(その貧しさが、須貝太郎を脅迫者に仕立てあげたのだろうか)

山路は、そう考えたが、だからといって、同情する気にはなれなかった。脅迫者をそのままにして置いたら、山路が破滅してしまうのだ。破滅する前に、相手を叩(たた)き潰(つぶ)さなければならない。

山路は、電柱の陰から出ると、須貝太郎の家に近づいた。文字通り猫の額ほどの庭には、赤ん坊のオシメが、満艦飾(まんかんしょく)のように、ぶら下っていた。

山路は、通り合せた女を呼び止めて、須貝太郎のことを、訊いてみた。

「須貝さんのご主人は、何でも、小さな印刷屋に勤めているそうですよ」

と、その女は、いった。

「印刷屋の名前は判りませんか?」

「さあ――」

「何時頃、帰ってくるでしょうか? 会いたいと思うんですが」

「六時頃には、帰ってみえるようですよ」

と、女はいい、はっきりしたことは判りませんよと、付け加えた。

山路は、須貝太郎を待つことにした。先ず、相手が、どんな男であるかを知らなければならない。

山路は、腕時計を見た。六時には、まだ間がある。一度、新宿に車を戻して、早い夕食をとってから、もう一度、幡ヶ谷に引き返した。

時間は、五時。山路は、物陰に車を停め、車の中から、須貝太郎の家を見張ることにした。

須貝の妻君は、買物から戻ったと見えて、庭のオシメは、しまわれていた。

六時近くなると、サラリーマンらしい連中が、都営住宅に、二人、三人と帰って来た。しかし、須貝太郎は、現われない。

山路の腕時計が、七時を指した時である。開襟シャツ姿の小柄な男が、疲れた足取りで現われた。その男は、歩きながら、煙草に火を点けてから、真直ぐに、須貝太郎の家に入った。

（あれが、須貝太郎なのか――？）

山路は、意外だと思った。ゆすりなど、出来そうもない男に見えたからである。何処にでもいそうな平凡な男だった。生活に疲れた安サラリーマンのようにしか見えない。脅迫状の文句には、似合わない相手だった。あのひ弱そうな外見は、見せかけなのか。

山路は、車を下りると、足音を忍ばせて、家に近づいた。やっと、日が暮れ始め、山路の周囲に、夕闇が立ち籠めて来た。

家の中には灯が点っていた。暑いのか、戸は開け放してある。山路は、背をかがめるようにして、室内を覗き込んだ。

六畳の部屋で、夫婦が向い合って夕食をとっていた。部屋の隅には、赤ん坊が寝かしつけられている。山路は、須貝太郎の横顔を、はっきり眺めることが出来た。最初に見た時も、ひ弱そうな男に見えたが、その印象は強まりこそすれ、弱くはならなかった。

（こんな男に、ゆすりが出来るだろうか？）

その疑問が、再び、胸に湧き上って来た。しかし、この男が、須貝太郎であることは事実なのだ。

（この男が、須貝太郎である限り、消さなければならない）

焦ってはならない。と、山路は自分に、いい聞かせた。今度こそ、失敗は許されないのだ。須貝太郎を消すには、万全の方法が取られなければならない。

山路は、翌日、四谷の探偵社を訪ねた。須貝太郎の正体が判った以上、探偵社に依頼する必要はなくなったと、考えたからである。

探偵員は、山路の顔を見て、不審気な表情を作った。

「一週間はかかると申し上げた筈ですが」

と、探偵員は、いった。

「まだ何も判っていませんよ」

「催促しに来たんじゃないんだ。調査を中止して欲しくてね」

「中止――ですか？」

「事情があってね。料金は払いますよ」

「それなら構いませんが、一つだけ判ったことがありますから、それを申し上げましょう」

「どんなこと――？」

「須貝太郎名義の通帳を作りに来た人間のことなんですが、男でなく、若い女だったそうですよ。二十歳くらいの、中々の美人だったそうです」

「若い美人？」

山路は、眉をひそめた。須貝の妻君だろうかと、考えてみたが、赤ん坊を背負った三十過ぎの、あの女が、「若い美人」である筈がなかった。

(須貝太郎に、若い情婦がいるのかも知れない)

山路の推測は、そこに落ち着いた。山路をゆする気になったのも、その女のためかも知れない。そう考えた方が、納得できるような気もするのだ。

「その女のことは、もっと詳しく判らないだろうか？」

山路が訊いたが、探偵員は、首を横に振った。

「名前も住所も判りません。口座を作る時に顔を見せただけですからね。ただ、窓口の話では、水商売の女のように見えたということです。判っているのは、それだけです」

探偵員の報告は、それで終りであった。水商売の女だというのは、山路には、納得できる気がした。須貝太郎は、バーかキャバレーで、その女と知り合い、女の気持を繋ぎ止めて置きたくて、ゆすりを始めたに決っている。だからこそ、三年前の事件が、急にゆすりの種になったのだろう。

山路は、礼をいって、探偵社を出た。これから先は、自分でやらなければならない。下手に、探偵員に知識を与えてしまっては、その探偵員が新しい脅迫者にならないとも、限らないからである。

山路は、幾つかあった設計依頼を、理由をつけて断ると、須貝太郎を消すことに、全力をあげることにした。

須貝太郎が働いている印刷会社は、新宿にある「太陽印刷」と判った。従業員五人ばかりの小さな会社である。須貝は、そこで、職工をしていた。

山路は、須貝太郎をつけ回した。素人の山路に、尾行は楽な仕事ではない。しかし、必死だった。

山路は三日間、尾行を続けた。当然、須貝が、情婦に会うだろうと考えたのだが、山路の予想に反して、須貝は、幡ヶ谷の家と、印刷会社を往復するだけだった。何時も、生活に疲れた安サラリーマンの表情を崩さなかった。脅迫者の顔は、現われない。

（用心しているのだ）

と、山路は思った。あの顔に欺されてはならない。消してしまうのだ。

五日目に、チャンスが訪れた。須貝が、十時過ぎまで、残業したのである。

私鉄の幡ヶ谷駅から、須貝の家までは、暗い道が続く。山路は、車を暗がりに止めて、須貝の帰りを待った。

仕事は思ったより簡単だった。背後から、いきなりスパナで殴りつけ、倒れた身体を、車のトランクに放り込んだ。誰も見てはいなかった。

山路は、夜の甲州街道に車を走らせた。奥多摩の山の中で、須貝を始末する積りだった。スパナで殴っただけでは死んでいない筈だった。殺す前に訊くことがあった。

奥多摩に着いたのは十二時を過ぎていた。月は出ていたが、周囲には、死のような静寂が漂っている。

山路はトランクを開けて、須貝を引き摺り出した。やっと気がついたらしく、低い呻き声をあげた。

「私をどうする積りだ？」

須貝は、殴られた辺りを、両手で抱えるようにして、いった。恐怖に怯えた顔になっている。山路は、スパナを構えた。

「黙って、答えるんだ」

と、山路は、いった。

「女の名前をいえ」

「女――?」

「とぼけるんじゃない。銀行に、普通預金の口座を作らせた女のことだ」

「何のことか判らない。それに、私は、貯金なんかしていない。生活に追われて、貯金どころじゃないんです。第一、貴方は、誰なんです?」

「とぼけるな!」

「本当に、知らないんですよ。本当ですよ」

須貝は、哀願するような眼で、山路を見上げた。青白い月の光が、その顔に反射して、余計、哀れっぽく見えた。

「俺をゆすった憶えはないというのか?」

「ゆする? とんでもない。何のことか、私には判らない。本当なんだ。家に帰して下さい。お願いします。本当に、何にも知らないんです」

須貝は、おろおろした声で、いっていたが、いきなり、這うように逃げ出した。山路は、反射的に、スパナを振り下した。嫌な音がした。血が飛んだ。そして、今度こそ須貝太郎は、息を吹き返さなかった。

5　二つの失敗

山路は、須貝太郎の死体を、奥多摩の山腹に埋めた。これで、少なくとも、四、五日は発見されないだろう。

横浜に戻ったのは、夜明けに近かった。事務所に入ると、ウイスキーを何杯も、あおった。

（これで、片がついたのだろうか？）

その疑問が、山路を捕えた。須貝太郎を消したことで、今後、ゆすられることはない筈だ。まだ、須貝の情婦が残っているが、ゆすりの仕事を、引き継ぐなどということは考えられない。第一、女は、N温泉にいなかったのだから、三年前の事件について、証言者になれないことになる。

問題は、須貝太郎の最後の言葉だった。彼は、何も知らないと、いった。山路のことも知らないといった。だから助けてくれと、哀願した。山路は、助かりたいための、いい逃れに決っていると考えた。だから、殺したのだ。

（しかし、須貝太郎の言葉が本当だったら？）

その疑惑が、微かだが、山路の胸にあって、どうしても消えてくれなかった。もし、須貝太郎が脅迫者でなかったら、山路は、無駄な殺人を重ねたことになる。

(そんな筈はない)

と、山路は、自分に、いい聞かせた。奴は脅迫者なのだ。奴を消す以外に、自分を守る手段はなかったのだ。だから、奴を殺して埋めたのだ。他に考えようはない。あれで良かったのだ。

翌日の新聞に、須貝太郎のことは、載っていなかった。二日目も同じである。死体は発見されていないのだ。須貝太郎の妻君は、夫の捜索願を出すだろうが、死体が発見されない限り、危険はない。

死体発見のニュースが、出ないうちに八月十日が来た。二回目の十万円を、振り込まなければならない日である。

山路は、勿論、無視した。須貝太郎は死んだのだ。脅迫者は死んだのだ。約束を守る必要が、何処にある？

八月十一日。何事も起きない。十二日も同じだった。山路の胸に、安堵感が、拡がって行った。須貝太郎は、矢張り脅迫者だったのだ。だから、何事も起きないのだ。

(俺は、解放された。殺したくはなかったが、奴の自業自得だったのだ。これで、全ての片がついたことになる)

八月十三日は、初めて、よく眠れた。翌朝、眼を覚ましたのは、十時過ぎである。

牛乳を飲んでから、事務所に入った。女事務員は、既に出勤して来ていて、山路の顔を見ると、「お早ようございます」と、いってから、手紙の束と、新聞を渡した。

山路は、椅子に腰を下して、先ず、新聞を拡げた。須貝太郎の死体が発見されたというニュースは、まだ出ていない。

山路は、次に、手紙の束に眼を通して行った。仕事の手紙、デパートのダイレクト・メール。それに、税金は早く納めましょうという横浜市役所の広報。最後の封書を手に取った時、山路の顔色が変った。

見覚えのある、右上りの筆跡を、そこに発見したからである。

山路は、軽いめまいを感じた。死んだと思っていた人間に、いきなり出会ったような驚きと恐怖が、彼を押し包んだ。

震える手で、封書を裏返してみる。矢張り差出人の名前はない。山路は封を切った。

便箋が一枚だけ入っていた。

〈君が約束を破られたことは、遺憾である。至急、約束を履行されることを要求する。何時までも、君が賢明であるように。　S〉

山路は、呆然として、便箋に書かれた文字を眺めていた。念のために、最初に受け取った脅迫状を出して比べてみたが、間違いなく、同じ筆跡であった。

(奴は、生きていたのだ)

その思いが、山路を恐怖に追いやると同時に、歯がみさせた。

山路は、失敗したのだ。須貝太郎は、彼が必死に哀願したように、何も知らなかったのだろう。彼は、傀儡に過ぎなかったのだ。

Sは、山路をゆすった時、山路が反撃に転じることを、ちゃんと計算に入れていたに違いない。山路が、N温泉に行くことも、予期していたのだろう。だから、宿帳に載っていた須貝太郎の名前を、普通預金の名義に使ったのだ。山路は、見事に、そのからくりに引っかかって、あの安サラリーマンを脅迫者と決めてしまったのだ。

山路は、敗けたと思った。相手は、考えていた以上に、恐ろしい人間なのだ。山路は、十万の金を、再び、三星銀行に振り込んだ。二度目の敗北であった。

この敗北感は、やり切れなかった。最初の屈服の時には、反撃の気力が残っていたが、今度は、罪もない一人の男を殺してしまったという敗北感が重なっている。それに、Sが誰であるか、丸っきり山路には、判っていないのだ。このままでは、Sに一生、ゆすられることになるだろう。

もしSから、第三の手紙が来なかったら、山路は、敗北者で甘んじていたかも知れない。一生、ゆすられ続けても仕方がないと、諦めたろう。しかし、四日後に来た手紙が、山路の心の何処かに残っていた闘争心を呼び起こしたのである。その手紙は、次のようなものだった。

〈十万円領収した。しかし、君は、延滞利息というものがあるのを忘れている。君は、四日遅れた。一日について五万円の利息を要求する。私を甘く見てはいけない。　S〉

読み終えた時、山路が感じたのは、怒りであった。相手は、つけ上っているのだ。山路が、二度屈服したことで、Sは、彼が自分の奴隷になったと錯覚したのだ。新しく要求した金額が問題ではなかった。相手が、いい気になっていることが、山路には、我慢がならなかった。

今度は、Sが失敗したのだ。Sは、山路の自尊心を余りにも、傷つけ過ぎた。もし、この手紙をSが書かなかったら、山路は、毎月十万円ずつ、従順に送り続けたかも知れない。しかし、余りにも脅迫が強くなると、奴隷も立ち上るのである。

（もう一度、闘ってやる）

と、山路は決心した。


山路は、大人しく、二十万円の金を、もう一度、三星銀行に振り込んだ。相手を油断させるためである。

その夜、山路は、冷静に、今度の事件を考えてみようと思った。須貝太郎などという見せかけの名前に、欺されては、ならない。事件のありのままを、考えてみることだと思ったからである。

最初は、リクエスト・タイムだった。スポーツカーのラジオから流れて来たアナウンサーの言葉が、山路に、三年前の殺人を思い出させたのだ。そして、三通の脅迫状と、N温泉の写真が、山路に送られて来た。

脅迫者のSは、その間、一度も、山路の前に姿を見せていない。巧妙に、尻尾を摑ませないように行動している。山路は、彼について、何一つ判っていない。

（本当に、判っていないのだろうか？）

山路は、必死に考えてみた。奴は、何か尻尾を出しているのではなかろうか？

脅迫状がある。しかし、あの手紙から相手の素姓を明らかにすることは不可能だ。

（いや、待てよ）

山路は、考え込んだ。何かある筈ではないか。考えてみれば、Sが、脅迫状ばかり送ってくることも訝しくはないだろうか。

（奴は、何故、電話を利用しなかったのだろうか？）

それが不思議だった。今は、横浜でも即時通話になっている。それに、脅迫には、電話が一番便利で、安全ではないか。多くの小説や、映画でも、脅迫には、たいてい電話が使われている筈である。それなのに、Sは、一度も電話を使っていない。

（何故だろうか？）

理由は、二つしか考えられない。

一つは、Sが聾唖者で、電話が使えないためである。

第二の理由は、Sの声を、山路が知っていて、電話をかけたら、すぐ正体が判ってしまうということである。

このどちらかだが、考えてみれば、第一の理由は、無視できそうである。何故なら聾唖者は、耳も聞こえない筈だから、ラジオを使って、山路を脅迫することなど、思いつく筈がないからである。リクエスト・タイムを利用したからには、相手は、聾唖者ではない。

（奴の声を、俺は知っているのだ）

山路は、そう結論した。声は知っているが、筆跡は知らなかった相手だ。だから、相手は、手紙で脅迫したのだ。

（他に、訝しいところは、ないだろうか？　尻尾を出しているところは、他にないか？）

山路は、腕を組んで、部屋の中を歩き回った。

（ある）

と、思った。Sは、何故、リクエスト・タイムを利用したのか、それを考える必要がある。Sは、脅迫状の中で、「君が犯人であることを知っているのだ」と、書いて来た。もし、その確信があるのなら、何故、ずばりと、手紙で脅迫し、金を要求して来なかったのだろうか？　リクエスト・タイムを利用するなどは、時間の浪費ではないか。しかも、二度も、リクエスト・タイムに、葉書を出しているのは、完全に時間の無駄だ。

（考えられる理由は、一つしかない）

Sは、三年前の事件の目撃者でも、何でもなかったのだ。恐らく、古新聞でも読んでいて、事件を知ったのだろう。それで、ゆすりのタネになると考えた。だが、彼には、山路が、ゆすりに応じるかどうか、妻を殺したかどうか判らない。だから、リクエスト・タイムを利用して反応を見た。妻殺しの映画があったのを幸い、そのテーマ音楽をリクエストした、山路の反応を見た。つまり、山路の心を、リトマス試験紙にかけたのだ。山路は、その実験に、まんまと、引っ掛ってしまったというわけなのだろう。有望と見たSは、N温泉に出掛けて写真を撮り、三年前の宿帳から、事件の日に泊っていた須貝太郎の名前を見つけ出して、利用したのだ。だから、送って来たN温泉の写真は、三年前に写したものではないに、決っている。

(Sは、ラジオのリクエスト・タイムを利用して、俺を罠にかけた。そして、Sの声を、俺は、知っているのだ)

これが、判ることの全てだった。山路は、宙を睨む。俺は、奴の声を知っているのだ。奴の声を——。

(あいつだ!)

6 脅迫者の正体

山路は、煙草に火を点けた。顔が蒼い。何故、こんな簡単なカラクリに、今まで気付かなかったのだろうか。

リクエスト・タイムに、「夜の愛」が放送された時に、相手は、正体を現わしていたのだ。

リクエスト・タイムを利用するといっても、投書した葉書が必ず採用されるとは限らない。採用するしないの権限を持っているのは、担当者の曾根崎という男だ。それに、山路の反応を、Sは、どうやって知ることが出来たのか？　山路が放送局に駈けつけて、葉書のことを、根掘り葉掘り訊いたのを知っているのは、曾根崎だけだ。ということは、曾根崎だけが、リクエスト・タイムを、リトマス試験に使える立場に、いたということではないか。

また、山路は、曾根崎に会っているから、顔も、声も憶えている。しかし、筆跡は知らない。脅迫者の条件に、ぴったりと、当てはまるのだ。それに、曾根崎のイニシャルは、Sだ。

第一、「夜の愛」という音楽が放送されたこと自体、訝しかったのだ。不吉な曲が、友人からの贈り物として、ふさわしい筈がない。普通の番組担当者なら、当然、押さえてしまう筈だ。それを放送させたのは、曾根崎がSの証拠ではないか。彼は、自分の投書を自分で選んだのだ。

山路は、曾根崎の住所を調べた。千駄ヶ谷の、マンションの一室を借りて住んでいるらしい。

（片をつけなければならない）

と、思った。欺されたことへの復讐もあった。

登山ナイフを忍ばせて、マンションを訪ねた。

夜半である。今にも雨が降って来そうな日だった。復讐には、ふさわしい日だ、と、夜の舗道を歩きながら、山路は考えた。相手の正体が摑めたせいか、自分でも驚いたくらい冷静になっていた。恐ろしいという気もしなかった。ただ、自分を愚弄して来た曾根崎が、憎たらしかった。

出来上って間もないらしいマンションは、ひっそりと、静まり返っていた。管理人に顔を見られるのを避けて、非常階段を昇った。

曾根崎の部屋は、三階の隅の筈である。

山路が、三階の廊下に、立った時である。

突然、鈍い銃声がした。続いて、もう一発。

山路は、一瞬、廊下に立ちすくんだ。何が起きたのか、見当がつかなかった。非常階段へ逃げようとしかけたが、銃声のしたのが、曾根崎の部屋の方角と判ると、怖いもの見たさの気持も働いた。

山路は、ポケットの中で、登山ナイフを握りしめてから、のろのろと、廊下を進んで行った。

「曾根崎」と書いたドアの前に来た。部屋の中には、灯りが点いている。入ろうか、入るまいかと迷っている時、廊下に、人の気配がした。今の銃声に驚いて、人が来たらしい。

山路は、周章てて、ドアを開けて、部屋の中に、滑り込んだ。

登山ナイフを構えて、様子を窺う。入ってすぐは、四畳半くらいの洋間で、人の姿は見えなかった。

隣の部屋に入ってみた。寝室だった。首を突っ込んだ途端に、血の匂いがした。

床に、曾根崎が仰向けに倒れ、彼の身体にかぶさるように、半裸の若い女が、倒れていた。血が、まだ、二人の身体から流れ続けていた。

（死んでいる――）

と、思った時、

「動かないで」

と、山路の背後で、女の声がした。

「あんたも、曾根崎を殺しに来たのね？」

女が、いった。山路が手に持っている登山ナイフを見て、いったらしい。

山路は、ゆっくり首を回した。三十歳くらいの、背の高い女が、ピストルを構えて、山路を見つめていた。

「貴女（あなた）が殺したのか？」

山路は、低い声でいった。相手が女のせいか、恐怖はあまり感じなかった。

「そうよ」

と、女は、いった。

「何故？」

「あんたが、ナイフを持ってやって来たと同じ理由よ」

「曾根崎に脅迫されていたのか?」

「ええ」

女は、傍のテーブルから、預金通帳を二冊取り上げて、山路に見せた。

「曾根崎は、あたしの為にも、通帳を作ってくれたわけよ。毎月十万ずつの金を送らせるためにね。こっちの通帳は、どうやら、あんたのらしいわね」

「貴女も、リクエスト・タイムで?」

「そうよ。曾根崎は、半年前に、あの番組の担当者になってから、悪用することを考えたのよ。古新聞を読みあさって、犠牲者を探したってわけよ。現在、金があって、昔、事件に巻き込まれたか、有罪なのに、上手く刑をまぬがれたらしい人間をね。そして、リクエスト・タイムで、試験したのよ。最初に、あたしが選ばれて、次に、あんたが、犠牲になったってわけね。脅迫の正体が、曾根崎と判るまでには、ずいぶん、時間が掛ったわ」

「ここに死んでる女は?」

「曾根崎の女よ。彼女が、銀行の係ってわけ。あたしのために、新宿の銀行に、通帳を作ってくれたわ。ご丁寧に、あたしが殺した男の名義でね。少しでも、あたしを脅かそうとしたのよ」

女は、低い声で喋った。

山路は、もう一度、死体に眼を移した。血は、まだ流れている。死体の傍に、新聞社で発行している、新聞の縮刷版が転がっていた。曾根崎と女は、古い新聞を読みながら、三番目の犠牲者を、物色していたのかも知れない。

「これから、どうする積りだ？」

山路は、ピストルを構えている女に、いった。

「この二人を殺して、逃げられると思っているのか？」

「逃げられるわ」

と、女は、いった。口元に、小さな笑いが浮んでいた。

「最初は、曾根崎を殺せたら、捕まってもいいと、思ってたわ。でも、曾根崎に脅迫されていたのが、あたし一人じゃないと判って、気が変ったのよ」

「それは、どういうことだ？」

「判らないの？」

「まさか、君は――？」

「そうよ、その通りよ」

女は、にやッと笑った。

「あんただって、あたしの姿を見た時、あたしと同じことを考えたに違いないんだから」

「俺は、そんなことは考えなかった――」

「嘘をいっても駄目」

女は、笑いを消して、冷たい声でいった。

山路の背筋に、冷たいものが流れた。

この女は、本気なのだ。

「あんただって、この部屋から、自分の預金通帳だけ持ち出してしまえば、全て解決してしまうと、考えたに違いないんだ。曾根崎にゆすられていたことも、過去に、ゆすられるような傷を持ってることも、隠せると考えたに違いないんだ。あたしも、同じことを考えたのよ。あんたに、全部の罪を背負って貰えば、あたしは、自由になれるんだ——」

「この二人を殺したのは、君だ。俺じゃない」

「そうよ。でも、あんただって、殺す積りで来たんじゃないの。あんたが先に来ていたら、逆になっていた筈よ。だから、この二人の死んだことについては、あんたもあたしも、同じことよ」

「無茶だ」

「そうかしら？」

女は、冷然とした声で、いった。

「この二人は、あんたが殺したのよ」

「馬鹿なッ」

「あんたは、曾根崎に脅迫されていた。だから、曾根崎と女を殺した。そして、自分もピストルで自殺するのよ。死体の傍には、この預金通帳を置いといてあげるわ。そうすれば、警察にも、説明がつくし、あたしは、自由になれる」

「君は、狂ってる」

「あんただって、同じことを考えた筈よ。あたしを殺せば、自分が、自由になれると。あんたがピストルを持っていれば、当然、そうした筈ね。だけど、残念なことに、ピストルを持ってるのは、あたしだわ」

「待ってくれッ」

山路は、叫ぶように、いった。

「俺を殺さなくたって、君が自由になれる方法は、あるじゃないか」

「ないわ」

「あるさ。そのピストルを、曾根崎の手か、女の手に握らせておけば、二人が心中したように見えるじゃないか。そうしておいて、君と俺は、その通帳を持って、消えるんだ。そうすれば、万事、片がつくじゃないか」

山路は、必死に、いった。他人が殺した人間に、無理心中させられるのは、真っ平だった。

「君も自由になれるし、俺も、自由になれるんだ。君が、この二人を殺したなんてことは、誰にも、言いやしない。誓ってもいい」

「上手そうな話だけど、駄目ね」

「何故、駄目なんだ？」

「この二人には、心中しなきゃならない理由がないわ。警察は、すぐ他殺と見破って、犯人を探すわ。殺人で、犯人を、傍に置いといてやれば、警察は、納得するのよ。だから、どうしても、あなたが必要よ。あんたという犯人がね」

女は、通帳の片方を、ハンドバッグに納うと、改めて、ピストルを構え直した。

「それに――」

と、女はいった。

「あんただって、何時、脅迫者に変らないとも限らないからね。あんたは、あたしが、この二人を殺したと知ってる。あんたが金に困れば、そのタネに、あたしを脅迫するに決ってる。人間には、誰にだって、脅迫者の素質があるんだから」

語尾は、容赦のない調子になっていた。この女は、どうしても、山路を殺す積りらしい。

山路は、黙った。説得は無駄と観念したからである。彼が女の立場でも、同じように、殺す気になっただろう。山路は、目撃者なのだから。女のいうように、人間は、誰でも金のために、脅迫者になる素地を持っていることも確かだ。曾根崎だって、最初から、脅迫者だったわけではないだろう。欲望と、リクエスト・タイムを悪用できる地位にあったから、脅迫者になったのだ。

しかし、山路は死にたくなかった。

「諦めたよ」

と、山路は、ぽつりといい、自分と女との距離を眼で測った。ナイフを投げれば届かない距離ではない。

ふと、何の脈絡もなく、子供の頃に読んだマンガ本のことが思い出された。マンガの主人公が投げる手裏剣のように、上手く登山ナイフが飛ばせるだろうか。

女の顔が緊張した。曳金（ひきがね）を引く積りだ。

山路は、手を振り上げた。その瞬間、女の手元で、閃光（せんこう）が走った。

山路の胸が、火のように熱くなった。マンガの中の剣豪のように、巧みに飛ばす筈だった登山ナイフは、鈍い音を立てて、山路の足元に落ちた。

山路の身体が、床に崩れ折れた。

次第に、眼の前が、ぼんやりしてくる。

（馬鹿だナ）

と、山路は、声にならない声で、いった。

自分に、いったのだし、女に向っていったのでもあった。一度、人を殺したら、逃げようがないんだ。あの女だって、自分でいったじゃないか。人間は誰でも脅迫者になることが出来ると。それなのに、逃げられると思っているんだろうか。どんなに逃げたって、何処にだって、脅迫者はいるんだ。

（馬鹿――）

山路は、ぼんやりと考え、その意識も次第に暗くなって行った。

夜の狙撃（そげき）

1

私は、かなり酔っていた。が、意識の方は、はっきりしていた。酔っ払いという奴は、だいたいそんなものだ。

店の名前が、「朱美」だったことも憶えているし、二千円摑ませて、誘い出した女が、「京子」という名前だったことも憶えている。

ちょっと、B・Bに似た、腰の大きな女だった。唇を薄く開けて笑うと、余計B・Bに似て見えた。だから、誘う気になったのだ。二枚の千円札を、開いたドレスの胸に押し込むと、万事心得たという顔付で、女は、にやッと笑って見せた。

錦糸町の近くにある小さなバーだった。先に、路地に出て待っていると、真っ赤なドレスに着換えた女が、路地に出来た水溜りを、ぴょんと、飛び越えて、私の傍に来た。

「この近くに、感じのいいホテルがあるのよ」

と、女がいった。私は苦笑した。同じ言葉を何度、聞いたろう。感じのいいホテルというのが、天井に雨もりの染みがついた、安っぽい連れ込み旅館と、相場は決っている。しかし、酔っていれば、そんなことは、たいして気にならないものだ。それに、あの時に、天井を眺めるのは、女と相場が決っている。

女が、私の服を取った。私は、泥酔を装って、女の身体にもたれかかった。女の身体が揺れて、私の頭から、帽子が地面に落ちた。

「しょうがないわねえ」

女は、かがみ込んで、帽子を拾い上げると、自分の頭に載せた。

「しょうがない。しょうがないかア――」

「あんまり大きな声を、出さないでよ」

「出すな出すなと、おっしゃいますが、地声かくすにゃ、骨折れる」

「何よ、それ？」

女が、小さな声で笑った。

すれ違った若い男が、野卑な言葉をかけて行った。

十二時頃だったろうか。とにかく、十一時を過ぎていたことは、確かだった。先刻まで、小雨が降っていたせいだろうか、五月の末にしては、寒い夜だった。

私達は、大通りへ出た。都電の音は、既に消えてしまっていた。

女は、私を抱えたまま、手を上げて、タクシーを止めようとしていた。車は少なかったし、たまたま通りかかったタクシーにも、客が乗っていて、中々、摑まりそうもない。

私は、相変らず、女に寄りかかるようにして、柔らかい女体の感触を楽しんでいた。

何台目かの車が、そのまま通り過ぎて、女が、舌打ちをした時である。鋭い破裂音が、私の背後に起きた。

女の身体が、がくっと揺れ、そのまま、雨に濡れた舗道に崩れ折れた。寄りかかっていた私は、いきなり支えを外されて、したたか舗道に叩きつけられてしまった。

「おいッ」

と、私は、地面に手を突いて起き上りながら、怒鳴った。

「変な悪戯はするなよ」

私は、てっきり、女が、私を転ばそうとして、肩すかしを喰わせたと、思ったのである。

「起きろよ」

と、私は、いった。しかし、女の身体は、動かなかった。

「今度は、そっちが酔っ払っちまったのか？」

私はぶつぶついいながら、女の肩に手をかけて抱き起こした。何か、冷たい、ぬらぬらしたものが、私の手に触れた。舗道に溜った雨水と思い、手を、街燈の光にすかして見た。

雨水ではなかった。私の手を染めていたのは、まぎれもなく真っ赤な血であった。

2

恐怖は、パトカーが駈けつけて来る頃になって、ゆっくりと私を襲い始めた。女の死が、私にとって、あまりにも突然であり、非現実的に見えたからに違いない。

私は、参考人として、警察に連れて行かれた。後で知ったことだが、私は、単なる参考人ではなくて、「重要参考人」だったのである。警察は、最初、私が女を殺したと、疑ったらしい。女が死んだ時、傍には私しかいなかったのだから、疑われても仕方がなかったが。

刑事の口ぶりにも、私に対する疑惑が、露骨に現われていた。硝煙検査という奴も、やられた。その結果、私の掌からは、ピストルを撃った痕跡は発見されなかった。私の立場が、「重要参考人」から、単なる参考人になったのは、それからである。

「私は、今度の事件には無関係ですよ」

と、私は、いった。

「だから、早く帰して貰えませんか」

「お気の毒ですが、もう少し、我々に、つき合って下さい」

と、刑事は、いった。

「貴方以外に目撃者がいないんですから」

「私は、何も見ませんよ。酔っていたし、あの辺りは暗いですからね。それに、背中に眼がないんだから、犯人だって見てませんよ」

「しかし、ピストルの音は、聞かれたんでしょう？」

「ええ。まあ。しかし、後になって、あれがピストルの音だったんだなと考えたんで、その時には、判りませんでしたよ」

「被害者は、何かいいませんでしたか？　死ぬ時に？」

「いや、何も。殆ど即死だったんじゃありませんか？」

「貴方は被害者と、何処へ行く積りだったんですか？」

「そんなことにも、答えなきゃ、いけないんですか？」

私は、いささか狼狽もしたし、憤然ともした。私には、来年の春に結婚する恋人がいる。彼女に、浮気がバレるのは困るし新聞に書かれるのは真っ平だった。

「答えて頂きたいですね」

刑事は、素気なくいった。

「ただ、店の外まで送って貰っただけですよ」

私も、突っ慳貪に、いった。売り言葉に買い言葉という奴だ。

「店の外に送り出すのに、服を着換えて、ハンドバッグまで持って出るんですか？」

「彼女も、私をタクシーに乗せてから、帰るつもりだったんじゃありませんか」

「被害者とは、何の約束もしていなかったというわけですか？」

「ありませんよ」

「被害者との関係は？」

「そんなものは、ありませんよ。単なるバーのホステスと、客の関係です。あの店に行ったのも、今日が初めてです。いや、もう、昨日になったかな」

調べ室の窓に、朝の光が射し始めているのを見て、私は首をすくませた。とんだ朝帰りになりそうである。

「つまり、貴方は、被害者については、何も知らないというわけですか？」

「その通りですよ。何にも知りません。だから、いい加減で帰して下さい。会社がありますからね」

「まあ、いいでしょう」

刑事は、不承不承のように、小さく頷いて見せた。

3

その日の夕刊に、でかでかと出ていた。

〈バーのホステス射殺さる〉

という見出しである。幸い、私の名前は出ていなかった。「客の一人を、送りに出たところを背後から――」とあって、客の名前は伏せてある。

私は、ほっとした。会社では、妙なことが昇進に響くことがある。私には、それも、怖かった。

これで、あの妙な事件に、関係しなくて済むと思った。

ところが、帽子の失くなっていることに気付いて、私は、周章ててしまった。あの帽子には、私のネームが入っているのである。

(何処で、失くしたのだろうか？)

考えたが、すぐには、思い出せない。事件のあった日、あの「朱美」というバーには、かぶって行った筈である。あの店にあるのだろうか？

私は、仕方なしに、また、「朱美」へ出かけて行った。店は、何事もなかったように、繁盛していた。私は、刑事や新聞記者に、ぶつかるのは真っ平だと思いながら、恐る恐る、店の中を覗き込んだのだが、どうやら、どちらもいないようだった。しかし、私の顔を憶えていたマダムに、すぐ摑まってしまった。

「あの時は、大変でしたわねえ」

と、マダムは、同情とも揶揄ともつかぬいい方をした。どうやら、私が、死んだ女をホテルに誘ったことを、知っているようだった。

「馬鹿な話さ」

と、私はいった。確かに馬鹿な話だった。女を抱く積りで渡した二千円はふいになるし、何時間も、刑事につき合わされたのだから。

「犯人は、捕まったのかい？」

「まだよ」

「警察も、モタモタしてるんだナ」

「いくら調べても、あの子が殺されなきゃならない理由が出て来ないらしいわ」

「恋の恨みって奴じゃないのか？」

私は、あてずっぽに、いった。

「中々のグラマーで、男を迷わす素質十分の娘に見えたからね」

「男好きのする娘だったことは確かだけど、何でも金銭で割り切る方でね、特別に親しい男って、いなかったようよ」

「痴情じゃないとすると、何があるかね。まさか、あの娘が、麻薬に関係していたなんていうんじゃあるまいね？」

「とんでもない――」

　マダムは、大袈裟に、手を横に振って見せた。

「そんな娘じゃありませんよ。警察の調べでも、そんな線は、これっぽっちも出て来なかったそうですからね」

　マダムは、言葉をついで、この店は、そんないかがわしい店ではないことを強調した。いかがわしいというのが、どういう意味なのか、私には、よく判らなかったが、そんなことは、どうでも良いことだった。

「僕の帽子が、ある筈なんだが」

　と、私は、マダムに、いった。

「あの日に、ごたごたしたもんだから、忘れていっちまって」

「帽子ですか？」

　マダムは、首をかしげた。

「うちには、ありませんよ」

「訝しいな。確か、あの日、かぶって来た筈なんだが」

「それなら、かぶってお帰りになったんじゃありません」

「そうだったかな」

私は、判らなくなった。上手く思い出せないのだ。かぶって出たような気もして来た。もし、そうなら、ごたごたした時、落ちたのだろう。

「警察が保管しているかも知れませんよ」

と、マダムがいった。

「現場に落ちていたものは、何もかも、持って行っちまいましたからねえ」

4

何の因果か、帽子を失くしたおかげで、私は、また、警察の門をくぐる破目になった。

「ホステス射殺事件捜査本部」と、貼紙がしてある部屋に通されると、この間の刑事が、私を迎えてくれた。固い表情をしているところを見ると、捜査は上手く行っていないらしい。

「犯人は、捕まりそうですか？」

私は、多少の皮肉を籠めて、訊いてみた。案の定、刑事は渋い顔になった。

「貴方は、我々に、何か隠していることは、ありませんか？」

刑事は、答える代りに、訊き返して来た。

「ありませんよ」

私は、出来るだけ不愛想にいった。捜査が進展しないのを、私のせいにされたんでは、かなわないと思ったからである。

「それよりも、帽子があったら、返して下さい」

「ああ、帽子ね」

刑事は、立ち上ると、棚の上から、私の帽子を取って寄越した。ここに、あったのなら、最初の時に返してくれればいいのにと、私は、また、腹が立った。

私は、向っ腹を立てたまま、アパートへ帰った。ところが、嫌なことは続くもので、アパートにも、私を憤然とさせることが起きていたのである。

私の部屋は、二階の隅にある。ポケットから鍵を取り出して、鍵穴に差しこもうとすると、既に開いているのである。私が、合鍵を渡しているのは、来年結婚する予定の吉村アサ子だけである。

彼女が来ているのだろうかと思ったが、それにしては、部屋の中に、明りが点いていない。

私は、ドアを開けてから、スイッチを入れた。

私は、唖然とした。

部屋の中が、メチャメチャになっているのである。私は、男にしては、綺麗好きの方で、一年を万年床で過ごすなどという真似はしない。机も書棚も、整理する方である。それが、引っ掻き廻されているのである。押入れも開けっ放しになっているし、机の引出しも、引っぱり出して、畳の上に、ぶちまけてある。

（空巣<ruby>あきす</ruby>――）

と、思った。

私は、周章てて、百科辞典の三六五頁にはさんで置いた貯金通帳を探した。幸い、盗まれていなかった。もっとも、印鑑は、常に携行しているので、通帳だけ盗んでも、簡単には、下せないのだが。

私は、すぐ、下の管理人に、警察へ電話するように頼んだ。

近くの交番から、若い巡査が来てくれたのは、二十分ぐらい経ってからだった。

巡査は、仔細らしく調べてから、犯人は、非常階段から侵入したらしいといい、錠は、ドライバーで、こじあけたのだといった。

「盗まれた物は、判りますか？」

と、最後に、巡査が訊いた。私が、まだ判らないというと、判ったら書いて出して欲しいといって、巡査は帰って行った。

翌日は、日曜日だった。私が、盗まれた物を調べていると、ドアをノックする者がある。私が、開けると、ホステス射殺事件を担当している刑事が、立っていた。

「空巣が入ったそうですね？」

と、刑事は、いった。

「盗まれた物は？」

「今、調べてるところです。しかし、ホステスが殺されたのと、空巣と、どんな関係があるんです？」

「あるかも知れないと思って、こうして、お訪ねしたのです」

刑事は、相変らず、難しい顔で、いった。

5

「正直にいって、捜査は行き詰っています」

刑事は、私のすすめた坐蒲団に坐ってから、そんなことを、いった。私は、驚いた。捜査の難航を口にする相手の真意が、摑みかねたからである。普通、そうしたことは、隠すものではないのか。

「だから、此処へ伺ったのです」

と、刑事は、いう。

「だから――？」

私は、訊き返した。

「意味が判りませんが」

「殺された外崎京子の身辺を洗ってみたが、彼女が殺されなければならない理由が、どうしても浮んで来ないのです。彼女が死んで得をする人間は、誰もいない」

「そんなことと、私と、どんな関係があるんですか？まさか私に知恵を貸せというわけじゃないでしょう。私は、探偵ごっこなんて奴は苦手ですからね」

「我々は、捜査方法を変えてみたのです」

「それで――？」

「現場は、可成り薄暗いところです。それに犯人が狙撃したと思われる場所からは、貴方と外崎京子は、逆光で、影絵になって見えた筈なのです」

「どういうことなんです？　それは――」

「つまり、犯人が殺そうとしたのは、外崎京子ではなく、貴方ではなかったかということです。それを、間違えて、女を殺してしまったのではないかと、我々は考えてみたわけです」

「そんな馬鹿な――」

と、私は、笑った。

「男と女と、いくら暗かったからって、間違えるなんてことが――」

「いや、間違えたかも知れない。外崎京子は女にしては大柄だし、貴方は、失礼だが男としては小柄の方だ。それに、貴方は酔っていたというから、被害者に、もたれかかるようにして歩いていたかも知れない。とすれば、犯人が間違えたということも、考えられなくはないと思うのですよ」

「しかしですよ――」

と、私はいった。

「確かに、彼女は大柄だった。ひょっとすると、私より大きかったかも知れない。しかし頭の恰好が違いますよ。彼女は、髪を長くしていたし、私の方は、中折帽をかぶっていたんだから――」

私は、言葉の途中で、息を呑んだ。あの夜の光景を、はっきり思い出したからである。

「どうしたんです？」

と、刑事が、私の顔を覗き込んだ。

「あの時、私は帽子をかぶっていなかった。彼女が私の帽子を頭に載せていたんだ――」

「何故、それを――」

と、刑事は、怒ったような声でいった。

「何故、早くいってくれなかったんです？」

「忘れていたんですよ」

「これで、狙われたのが、貴方だったという可能性が倍加しましたよ。部屋を荒したのも単なる空巣じゃない。恐らく、外崎京子を射殺した人間の仕業ですよ」

「しかし、私には、誰かに恨みを受けるという心当りが、ありませんが」

「本当に、心当りはないんですか？」

「ありませんね」

「しかし、恨みだけで、人間は相手を殺すとは限りません。利害関係でも狙いますよ」

「私を殺したって、得をする人間がいるとも思えませんがねえ。別に財産があるわけじやないし、私が、誰かの秘密を握っているわけでもないし――」

「結婚は？」

「来年、吉村アサ子という娘と結婚することになっています」

「そのことで、誰かに恨まれるということは？」

「考えられません。私と彼女は、誰からも祝福されている筈です」

「すると、何の心当りもないということですか？」

「残念ですが、ありませんね」

と、私はいった。

刑事は、残念そうに、部屋の中を見廻していたが、気が付いたことがあったら、すぐ捜査本部に連絡して欲しいと、いい残して帰って行った。

私は、一人になると、「馬鹿馬鹿しい」と思った。自分が誰かに狙われているなどとは、どうしても考えられなかったからである。私は、別に聖人君子ではないが、他人に、ひどい迷惑をかけた覚えもない。しかし、流石（さすが）に、いい気持ではなかった。

私は、嫌な気持をふり払いたくなった。それには、酒を飲むか、吉村アサ子に会うかする以外にない。私は後者を選んだ。

私は、彼女に電話した。彼女は、すぐ電話口に出た。が、様子が少し変だった。

「私の方から電話しようと思ったのよ」

と、アサ子は、急き込んだ調子でいった。

「昨日、姉のところに泊って、今、アパートに戻って来たんだけど、部屋の中が、メチャメチャに荒されてるの。空巣が入ったらしいのよ」

「空巣――？」

私は、受話器を握ったまま、呆然となった。

6

私は、郊外にあるアサ子のアパートに駆けつけた。

部屋の中は、電話のとおり、無残に、引っかき廻されていた。

「警察には？」

と、私は、アサ子に訊いた。彼女は気の強い方だが、流石に青い顔になっている。

「知らせたわ。でも、一寸調べただけで、すぐ帰ったわ。空巣みたいな犯罪は、あまり興味がないみたい」

「それで、盗られたものは？」

「はっきりは判らないんだけど、何にも盗られていないような気がするのよ。箪笥の引出しに、現金で二万円ばかり入っていたんだけど、それも盗まれていないから」

「気が付かなかったんだろう」

「違うと思うわ。引出しは、半分ぐらいに開いていたんだから。見たけど、盗んでいかなかったんだと思うの。妙な泥棒だと思うんだけど」

「妙だね」

私は、腕を組んだ。

私は、刑事の言葉を思い出していた。あの刑事なら、私とアサ子が、偶然、同じように空巣に入られたとは、思わないだろう。私も、偶然の一致とは、思えなくなってきた。

間違いなく同じ人間の仕業だ。しかも、犯人は、私の命を狙ったかも知れないのである。

私は、ふと、背筋に冷たいものが走るのを感じた。

犯人は、私だけでなく、アサ子の命を狙う可能性もあるのだ。

「警察に電話してみよう」

と、私は、いった。

「警察？」

アサ子は、びっくりしたように、大きな眼になった。

「もう一度来て貰ったって、あの調子じゃ、力になって貰えそうもないわ。第一、来てくれるかどうか」

「いや、喜んで飛んで来てくれる刑事が、いるんだ」

私は、怪訝（けげん）そうなアサ子を部屋に残して、管理人室に、電話を借りに行った。

案の定、刑事は、駈けつけて来た。

「間違いなく、同一犯人の仕業です」

と、刑事は、私と、アサ子に向って、強い声で、いった。

アサ子は、刑事の話を聞いて、顔色を変えた。それが、当然かも知れない。単なる空巣と思っていたのが、命を狙われているかも知れないという話に発展したのだから。

「でも、私にも心当りはありませんわ」

と、アサ子は、刑事に向って、いった。

「私が死んで得をする人なんて、考えられませんわ」

「同じことを、こちらさんからも、聞きましたがね」

と、刑事は、私の顔を見やった。

「しかし、何かなければならない。それでなければ、狙われる筈がありませんからね」

「――――」

私と、アサ子は、黙って顔を見合せた。何かある筈だといわれても、私には、何も考えつかないのだ。アサ子にしても、同じらしい。

「考えてみることです」

と、刑事はいった。

「東京のように、人間が、ごちゃごちゃしているところに住んでいると、知らず知らずの間に、他人を傷つけている場合があるものです。極端な場合をいえば、橋の上から何気なく投げた石が、丁度下を通っていた舟の乗客に当って、怪我(けが)をした。その怪我が原因で死んだりする場合も考えられます」

「しかし、そんな場合なら、死んだ者の身内が警察に訴える筈ですよ」

「普通の人間なら、そうするでしょう。しかし、警察に訴えても過失致死にしかならない。そんなことでは手ぬるいと考える人間も、世の中にはいるかも知れません」

「しかし——」

「今の話は、例えばのことです。今度の場合は、もっと違っている筈です。犯人は、お二人の部屋を探し廻っていますからね。しかも金銭を盗むのが目的ではない。恐らく、犯人は、貴方がたに、何か不利になるような証拠を握られているに違いない。だから、犯人は、貴方がたを消すか、その証拠を盗み出すか、どちらかを選ばなければならなかった。そんなことじゃないかと思うのですがね」

「しかし、それにしても心当りはありませんよ」

「何かの事件の証人になったことは、ありませんか？」

「いや」

と、私は首を横に振った。アサ子も、否定して見せた。

「犯人が、何を盗もうとしたか、それが判れば、いいんだが」

刑事は、ひとり言のようにいって、部屋の中を見廻した。

「何か盗まれた物はありませんか？」

「それが、何にも盗まれていないような気がするんです」

と、アサ子は、いった。私の場合も、盗まれた物の心当りはなかった。

「恐らく、犯人は、貴方がたの部屋から、目的の物を探し出せなかったに違いない。そうなると、また、貴方がたを消そうと考えるかも知れない」

「脅かさないで下さいよ」

私は、首をすくめたが、刑事が、冗談で、いっているのではないと、判っていた。彼は、本気で、私とアサ子が狙われると考えているのだ。

「怖いわ」

と、アサ子が、青い顔で、私を見た。私も怖い。しかも、犯人が、何のために、私達を狙うのか判らないだけに、一層、気味が悪かった。

7

刑事は、電話で鑑識を呼んだ。念のために、指紋を調べさせるというのだが、私は、恐らく無駄だろうと思った。犯人が、指紋を残して行くとは思えなかったからである。

三分ばかりして、鑑識の車が到着した。しかし、私が思った通り、私とアサ子以外の指紋は、出て来なかった。犯人は、用心深く手袋をはめて、仕事をしたのだ。

刑事は、別に、落胆した表情は見せなかった。彼もまた、恐らく指紋は出ないと、予期していたに違いない。

「もう一度、考え直してみようじゃありませんか」

鑑識の人達が帰ってしまってから、刑事がいった。

「犯人は、貴方を射殺しようとした。つまり犯人は、貴方が生きていては困るのだ。このことは、貴方が、というより貴方がた二人が、犯人の致命傷になるような証拠を握っているということを意味している」

「しかし、私も彼女も、心当りがないんですがね。殺人の現場を目撃したなんて記憶もないし、誰かが、何かを盗もうとしているのを見たこともありません。第一、そんな場面を目撃していたら、すぐ警察に届けていますよ」

「私も同じですわ」

と、アサ子もいった。

刑事は、頷きながら、聞いていたが、

「単に、何かを目撃したというようなことではないと思います」

と、いった。

「それなら、貴方がたの部屋を探し廻る必要はない筈ですからね。貴方がたは、何か、形のある証拠を持っている筈です。だから、犯人は探した」

「形のある証拠？」

「最近、貴方がたは、何か、拾い物をしたというようなことはありませんか？　毀れたライターでも構わない。放火の疑いのある火事場で、犯人のイニシャルの入ったライターが、落ちていたとすれば、放火犯人にとっては致命傷になりますからね」

「残念ながら、最近、何かを拾ったという記憶はありませんよ」

「私もですわ」

と、アサ子も、頷いた。

「とすると、何があるのだろうか？」

刑事は、難しい顔で、考え込んでいたが、

「写真かも知れない」

と、いった。

「写真は、お好きですか？」

刑事は、私とアサ子の顔を見比べるようにして、訊いた。

「ええ、まあ」

と、私はいった。

「私がカメラを持っていますから、時々、写すことがあります」

「写真は、盗まれていませんでしたか？」

「私の場合は、一枚も、失くなっていないと思いますが」

と、私はいい、アサ子を見やった。アサ子は、調べてみますといって、戸棚から、二冊のアルバムを持ち出して来た。

「写真は全部、これに貼りつけてあるんです」

と、彼女は、刑事にいった。

刑事が、アルバムを丁寧にめくっていった。私と、アサ子が、横から覗き込む。

一枚も、引き剝がされた写真は、なかった。アサ子も、「失くなった写真は、ないようですわ」と、刑事に、いった。

「写真は、これだけですか？」

刑事は、アルバムを置いてから、アサ子に訊いた。彼女は、「ええ」と、答えたが、その後で、

「あの写真は？」

と、私を見た。

「あの――？」

「この間の日曜日に撮った写真よ。まだ、見せて貰っていないわ」

「ああ」

と、私は頷いた。

「DP屋に現像を頼んで、そのままになっているんだ」

「まだ、現像してないフィルムが、あるんですか？」

刑事が、私達の話に割り込んで来た。

「ええ」

と、私はいった。

「この間の日曜日に、二人でハイキングに出掛けた時、写したものです。しかし、命を狙われるようなものを写した憶えはありませんよ」

「とにかく、その写真を見せて貰えませんか」

刑事は、熱心にいった。私は、ポケットを探って、DP屋の受取り証を取り出した。私のアパートの近くにあるDP屋である。

「私が、貰って来ましょう」

と、刑事がいった。

「その方が安全だ。犯人は、まだ貴方がたを狙っているに違いありませんからね」

8

刑事が戻ってくるまでの間、私とアサ子は、暗い不安の中で過ごした。何よりも、彼女が、すっかり怯えてしまっていた。

正直にいって、私も怖かった。相手が誰なのか、何のために、私達を狙うのか、それが判らないだけに、恐怖が倍加されてくるのである。

相手が誰と判っていれば、防禦の方法も考えつく。しかし、判らないのでは、どうしてよいかも判らなかった。

私と、アサ子は、狙われなければならない理由を、考えてみた。しかし、どうしても、心当りがないのである。私は、人を傷つけた記憶がなかったし、アサ子も、ないという。

「わけが判らないわ」

と、アサ子は、青い顔でいった。私にも、わけが判らない。しかし、二人の部屋が荒されたことは、事実だし、一人の女給が、ピストルで射殺されたことも事実なのだ。外崎京子という女給を抱き上げた時、私の手を濡らした血の色と感触は、今でも、鮮やかに、記憶に残っている。あの血は、私が流さなければならなかったものなのだ。

刑事は、二時間ほどして戻って来た。

「これですね？」

と、刑事は、現像されたフィルムと、名刺判の写真を、私達の前に置いた。

間違いなく、先日の日曜日に、私とアサ子が、伊豆の伊東に出かけて撮ったものである。しかし、こんな写真を、誰かが、盗もうとするとは、私には、思えなかった。

「とにかく、一枚一枚調べてみようじゃありませんか」

刑事は、私の思惑を無視して、焼き付けた三十枚ばかりの名刺判を、畳の上に並べた。伊東の風景をバックに、私とアサ子が、写し合った写真である。セルフタイマーを使って、並んで撮った写真もあった。刑事という第三者を混えて、自分達の写真を見るというのは、妙な気持のものだった。

刑事は、私とアサ子だけしか写っていない写真を、まず、横にどけた。確かに、私やアサ子の写真を、犯人が盗む筈がなかった。それならば、アルバムに、何枚も貼ってあった筈だからである。

二枚の写真が残った。

一枚は、私が撮ったもので、ベンチに腰を下したアサ子を写したのだが、写真の中に、団体客が、入ってしまっているのである。

「この人達なら憶えていますよ」

　と、私は、刑事にいった。

「福島から遊びに来たんだといってました。東北訛りがあったから、嘘じゃないでしょう」

「この写真を撮った時、周章てた様子は、なかったですか？」

「いや。ありませんでしたね。和気あいあいと、旅行を楽しんでいるように見えましたよ」

「成程ね」

　刑事は頷いて、もう一枚に視線を移した。

　それも、私が写したものだった。アサ子を、車の傍に立たせて撮った写真である。

「この車は、貴方のですか？」

　と、刑事が訊いた。

　私は、

「とんでもない」

　と、笑った。

「三万円足らずの給料じゃあ、車なんか持てやしませんよ。第一、買ったって、置く場所がありませんからね」

「じゃあ、この車は？」

「偶然、そこに置いてあったんですよ。だから、一寸、アクセサリーに使わせて貰ったんです」

「ナンバーが、はっきり見える」

と、刑事は、ひとり言のように、いった。

「東京ナンバーだな」

「それがどうかしたんですか？」

「電話は？」

と、刑事が、アサ子に訊いた。

彼女が、管理人室にあるというと、黙って、写真を持って、部屋を出て行った。

私とアサ子も、刑事のあとに随いて、部屋を出た。

9

私とアサ子が階下へ降りた時、刑事は、受話器を摑んで、大声で喋っていた。

「そのナンバーの車なんだがね、最近起きた事件に、関係していないか調べて欲しいんだが。プリンスの六四年型の新車だ。ああ、頼む」

刑事は、言葉を切ると、受話器を耳にあてたまま、片手で、煙草を銜えた。ライターで火を点けた時、向うの言葉が入って来たらしい。

「えッ。判った？　それで――」

刑事の言葉が、一度途切れてから、

「何だってッ」

と、甲高い声を出した。

そのあと、長い会話が続いた。やがて受話器を置いて、振り返った刑事の顔は、赧く興奮していた。

「全てが判りましたよ」

と、刑事は、いった。

「貴方がたが、伊東に行った日に、伊東の近くの海岸で、女の溺死体が揚ったのです。最初は、自殺らしく思われたんですが、解剖した結果、他殺と判りました。後頭部を殴りつけてから、海へ突き落したんです」

「それで――？」

「殺されたのは、東京の女で、警察は、容疑者として、彼女の夫を逮捕しました。しかし、その日は、一日中、家にいたと主張するのです。確かに、電車に乗った気配はない。死んだ奥さんだけが、一人で、出掛けるのを、近所の人達は目撃しているのです。しかし、男は、車を持っている。その車をフルスピードで飛ばせば、或る時間内に、伊東で、妻君に追いつき、殺してから引き返すことも可能なのです」

「その車が、写真に写っていた奴というわけですね？」

「その通りです。警察も、車を使った犯行に違いないと睨んでいたんです。しかし、証拠がなかった。男は、車は、一日中車庫に入れておいたというのです。反証は摑めない。それに、伊東附近を洗ってみたんですが、日曜日には、車が多いですからね。特定の車のナンバーを憶えているような証人は、見つからなかったのです。それで仕方なく、証拠不十分で、釈放したんですがね」

「あの写真が、動かせぬ証拠になったというわけですね？」

「ええ。影の具合から時間も判りますからね。もう、奴っこさんも、終りです。これで、二つの事件が同時に解決したわけです」

刑事は、初めて、微笑して見せた。

私も、ほっとして、アサ子と顔を見合せた。

とにかく、命を狙われるなどということは、真っ平だからである。

「これで、終ったね」

と、私は、アサ子にいった。

「助かったよ」

「ええ。一つだけ終ってないことがあるけど」

「何が？」

私は、驚いて、アサ子の顔を見た。アサ子は、にやにや笑って見せた。

「殺された女給さんと、貴方が何故、一緒に歩いていたのか、その説明を、まだ聞いていませんもの」

「それはだね――」

私は狼狽して、刑事を見た。

救いを求めた積りだったが、刑事は、笑いながら、一寸、首をすくめて見せただけで、さっさと、アパートを出て行ってしまった。

解説

山前　譲

　西村氏はデビュー前にさまざまな懸賞小説募集に投稿しているが、活字となった最初の作品は、推理小説専門誌「宝石」の懸賞に応募した「黒の記憶」で、一九六一年二月増刊に発表されている。この作品は入選を逸したが、翌一九六二年の第五回双葉新人賞に「病める心」で第二席入選し（第一席は該当作なし）、以後大衆小説雑誌に短編を数多く発表する。さらに一九六三年にオール讀物推理小説新人賞を「歪んだ朝」で、一九六五年に江戸川乱歩賞を長編「天使の傷痕」で受賞しているが、当時の多くの短編は「傑作倶楽部」や「読切特撰集」といった小説雑誌に書かれている。この〝大衆小説雑誌時代〟は一九六六年まで続き、最も作品数の多い一九六五年には、二十二編の短編を数えることができる。

　一九六五年頃から、雑誌「大衆文芸」を発行していた新鷹会の会員となり、この雑誌に主な作品を発表する〝大衆文芸時代〟が一九六八年から三年ほどあったが、一九七〇年代からの書き下し推理小説ブームとともに、西村氏も長編が中心の創作活動に変っていった。

それでも五十年以上に及ぶ作家生活の間に発表された短編は二百をはるかに超えるが、本書『怖ろしい夜』は、題名に〝夜〟という言葉が含まれているものを選んで編集した、文庫オリジナル短編集である。

西村氏の作品には、比較的、同じイメージを受ける題名が多い。長編では、意識して書き下された〝名探偵〟シリーズ（『名探偵なんか怖くない』『名探偵が多すぎる』『名探偵も楽じゃない』『名探偵に乾杯』）の他に、〝消えた〟シリーズ（『消えたタンカー』『消えた乗組員』『消えた巨人軍』『消えたドライバー』『消えたエース』）があるが、短編にも〝夜〟〝危険な〟あるいは〝女〟が題名に含まれる作品が多い。

なかでも一番多いのは、〝殺人〟や〝死〟といった推理小説につきものの言葉を別にすれば、〝夜〟である。十編を超える作品があって、別に同じ主人公や舞台というわけではなく、執筆時期も特に集中していないものの、それだけに西村氏が好む言葉と言えるかもしれない。他の推理作家では、結城昌治（ゆうきしょうじ）氏や笹沢左保（ささざわさほ）氏が比較的多く〝夜〟を題名に用いているが、すべてを闇の中に包み込む〝夜〟には、ミステリアスな響きがある。

巻頭の「夜の追跡者」（「月刊小説」一九七八・六）は、サスペンスフルな中編だ。商事会社社員の秋山は、給料日に恋人の明子と食事をし、結婚を申し込んだ。彼女はすぐに承諾したけれど、半年待って欲しいと言った。あと一、二か月の命という叔母（おば）の遺産を貰ってから、というのがその理由だった。用事があるという明子と、また十二時に彼女のマンションで会う約束をした秋山は、映画を見たりバーで飲んだりして時間を潰（つぶ）したあと、約束通りマンションを訪ねた。だが、鍵の掛っていない彼女の部屋で待っていたのは、明子の死体であった。すぐに警察を呼んだが、状況は彼に不利だった。遺産が貰えるという叔母の話が嘘と聞かされ、アリバイも信じてもらえないと知った彼は、刑事を殴って〝夜〟の闇の中に逃亡した。

〝夜〟を友人に、自分の手で真犯人を捕えようと決心した秋山が、犯罪行為も厭わず真相を求める姿に引き込まれる。

次の「怠惰な夜」(「別冊宝石」一九六七・八)は、若い男女が主人公だ。退屈しのぎに悪戯をよくする二人が今度カモにしたのは、高級ナイトクラブが並ぶ〝夜〟の通りを歩く、くたびれたサラリーマンだった。女が男を誘い部屋へ連れ込んだところへ、相棒が飛び出して慌てふためくさまを見て楽しむといった、たわいない遊びだったが、今夜はいつまで経ってもその切っ掛けを与えてくれなかった。享楽的な若者の中にある打算を、巧みに描いた最後の一行が印象に残る。

「怠惰な夜」と同時期に書かれたのが「夜の罠」(「オール讀物」一九六七・一)だ。

私立探偵の岡部は、三十歳近く離れた若い妻をもった老人の依頼で、その妻を五日間尾行したが、別に浮気をしている素振りは見られなかった。その旨報告書を作成して老人に届けると、信用せずさらに五日間の追加調査を頼まれる。それでも不審な点が無かったにもかかわらず、老人はもう一度別の方法で潔白を証明したいというのだ。「浮気の証拠があるから二十万円持って来い」と脅迫状を書いて、これに答えるかどうかで確めようとする。岡部は絶対に来ないと思ったが、予想に反して指定の場所に彼女は現れた。〝夜〟の井の頭公園に仕掛けられる罠にはまってしまった登場人物のひとりの姿が哀れだ。

　西村氏の警察物といえば、十津川警部とその部下が有名になってしまったが、それ以外にも多くの作品がある。「夜の牙」（「小説宝石」一九七六・十）もその中のひとつである。

　西口署に新任刑事として配属された三井刑事の前に早速待ち受けていたのは、〝夜〟のラブホテルで売春婦が乳房を切られて殺されるという、猟奇的な事件だった。犯人のめどが付かないうちに、十日後、同じような事件が発生した。三井刑事の先輩安田刑事はある男にターゲットを絞り、次の十日後に事件の解決を賭けた。ベテラン刑事らしい安田の読みが、先輩と後輩の触れ合いのなかで生きている作品で、陰惨な事件を扱っているにもかかわらず、読後に爽やかな印象を残している。

　最後の二編、「夜の脅迫者」（「読切特撰集」一九六四・八）と「夜の狙撃」（「小説の泉」一九六四・七）は、前述の初期短編群の中の作品だ。

　新進の建築家山路が、第二京浜国道をスポーツカーで飛ばしている場面から始まるのは「夜の脅迫者」である。ちょうど点けたラジオのリクエスト番組で、山路あてに贈るというリクエスト曲がかかった。贈り主のSには心当りは無かったが、三年前の思い出のためにとアナウンサーが言葉を続けた時、山路は思わず事故を起しそうになった。彼は三年前、病的に嫉妬深い妻を完全犯罪で葬っていたのだ。過去の犯罪を種に脅迫された男が自ら崩壊していく様子を、鋭く描く犯罪心理サスペンスである。

ところで、西村氏の作品の愛読者ならば、中間の展開や結末は異なっているものの、この短編の冒頭が「私を殺さないで」(一九七二)に似ていることに気付くかもしれない。短編集『一千万人誘拐計画』(一九七九)のあとがきで小説の書き方に触れて、書き出しとラストを考えてから中間の部分を書くと述べたあと、「別のラスト・シーンを考えていたら、同じテーマでも、全く別の作品になっていただろう」と書いている。この「夜の脅迫者」と「私を殺さないで」はその一例と言える。

錦糸町の小さなバーから女を連れ出してタクシーを止めようとしていた〝夜〟の路上で、突然狙撃され女が死んでしまうのは「夜の狙撃」だ。〈私〉は参考人として警察に連行されるが、もちろん動機などありはしない。幸いすぐに解放されたけれど、今度は部屋がメチャクチャに荒されていた。何故こんな事件に巻き込まれたのかという謎を、軽妙なタッチでまとめていく。ユーモラスな会話で終るこの短編は、西村氏にはあまり見られない傾向の作品だろう。

以上六編、初期の作品を含めて、〝夜〟をテーマにした短編を集めた本書で、西村氏のバラエティに富んだ推理小説を楽しむことができる。

本書は一九八六年一月に小社より刊行されました。

怖(おそ)ろしい夜(よる)

西村京太郎(にしむらきょうたろう)

昭和61年 1月25日 初版発行
平成31年 1月25日 改版初版発行
令和6年 11月15日 改版3版発行

発行者●山下直久

発行●株式会社KADOKAWA
〒102-8177 東京都千代田区富士見2-13-3
電話 0570-002-301(ナビダイヤル)

角川文庫 21412

印刷所●株式会社KADOKAWA
製本所●株式会社KADOKAWA

表紙画●和田三造

ISBN 978-4-04-107865-5 C0193

◆◆◆

角川文庫発刊に際して

角川源義

第二次世界大戦の敗北は、軍事力の敗北であった以上に、私たちの若い文化力の敗退であった。私たちの文化が戦争に対して如何に無力であり、単なるあだ花に過ぎなかったかを、私たちは身を以て体験し痛感した。西洋近代文化の摂取にとって、明治以後八十年の歳月は決して短かすぎたとは言えない。にもかかわらず、近代文化の伝統を確立し、自由な批判と柔軟な良識に富む文化層として自らを形成することに私たちは失敗して来た。そしてこれは、各層への文化の普及滲透を任務とする出版人の責任でもあった。

一九四五年以来、私たちは再び振出しに戻り、第一歩から踏み出すことを余儀なくされた。これは大きな不幸ではあるが、反面、これまでの混沌・未熟・歪曲の中にあった我が国の文化に秩序と確たる基礎を齎らすためには絶好の機会でもある。角川書店は、このような祖国の文化的危機にあたり、微力をも顧みず再建の礎石たるべき抱負と決意とをもって出発したが、ここに創立以来の念願を果すべく角川文庫を発刊する。これまで刊行されたあらゆる全集叢書文庫類の長所と短所とを検討し、古今東西の不朽の典籍を、良心的編集のもとに、廉価に、そして書架にふさわしい美本として、多くのひとびとに提供しようとする。しかし私たちは徒らに百科全書的な知識のジレッタントを作ることを目的とせず、あくまで祖国の文化に秩序と再建への道を示し、この文庫を角川書店の栄ある事業として、今後永久に継続発展せしめ、学芸と教養との殿堂として大成せんことを期したい。多くの読書子の愛情ある忠言と支持とによって、この希望と抱負とを完遂せしめられんことを願う。

一九四九年五月三日